JN160412

けものになること
坂口恭平
河出書房新社

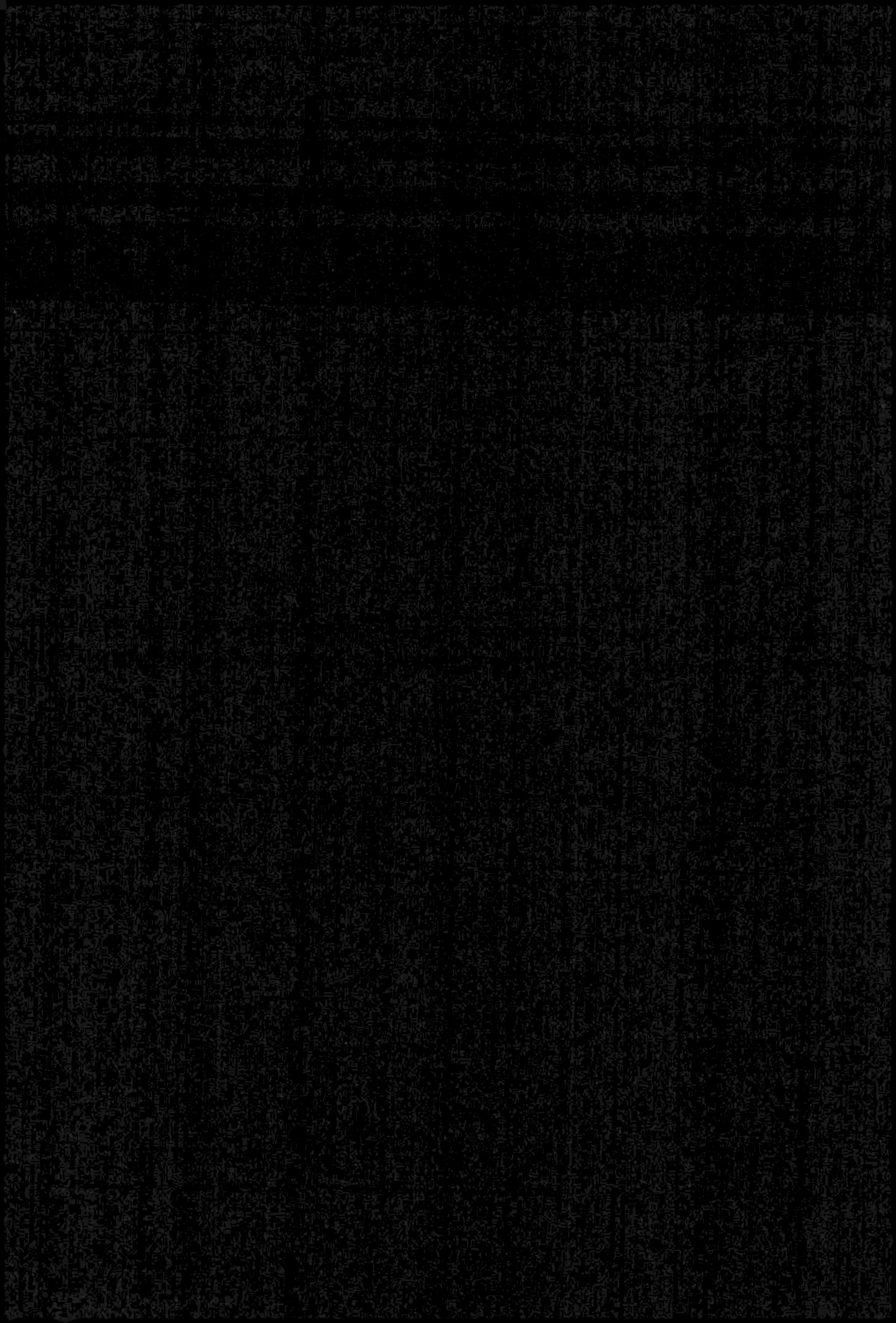

けものになること

おれはドゥルーズだ。どう考えてもそうだ。見た目も知らなければ、彼がいつ死んだかも知らない。死んでいないかもしれない。しかし、明白なことがある。それはおれがドゥルーズであるということで、つまり死んだ男が、今、ここにいるのだ。わたしは、いつまでもそれが続くとは思えない。もう足の指先は幾分冷たくなっていて、小指の爪は跡形もない。それなのに、わたしは、おれがドゥルーズだと分かっていた。明確にそう認識していた。わたしは書いている。おれが書いているのか。わたしは書いていた。なぜ書くのか？　おれはそれを考えている。何を？　書いていることを？　違う。眠ることを。死なないことを書いている。おれは死んでいない。おれはまだここにいる。おれはまだ眠っていない。眠ることを書いている。どのように？　おれにはわからない。わたしにもわからない。おれは、わたしの体の反乱軍である。わたしはまだそこにはいない。わたしはまだおれに会っていない。おれは向かっている。おれは一人で出て行った。だから書いている。わたしはそのようにして書きはじめた。つまり、これはわたしではない。これはおれとわたしの共同作業である。われわれは、わたし、おれ、さらにはあらゆる人間になる。植物や動物に、鉱物に、子どもに、ねずみに、暖房器具に、川に、現象に、記憶の分子に、水の分子に、蒸発し、その後の電撃にまでなる。あらゆるところにわれわれがいる。わたしはそのようにして書く。なぜ書くのか？　書くことで治癒しようとしているのか。いや、違う。わたしは健康だから書く。健康だが、布団で寝ている。寝たきりの競技者。寝るスポーツ。鍼灸師はつけるが、通院はしない。その治療はあくまでも、さらに加速するためにある。書くこと、それもまた加速である。書くことは己の体に針を刺している。攻撃ではなく、治療でもなく、加速するために、体の変化、変貌をもたらすために、意識を眠らせるために。人は無意識に従って、それを現実に表すために書いているのではない。それはただの想像力の氾濫。つまり、体との決別、無意識国家との結託による。わたしの無意識国家から脱獄すること。そのためにわたしは今日も針を刺す。プルーストは『見出された時』において劇作家でもある下級階層のユダヤ人ブロックに「ど、ど、ど」と、語らせる。〈fffantastique!〉と。書くことはこのように橋の上で薄い青の空を見ながら、川面の自分の顔を、あの歪んだ、溶けた、らい病の自分を見つけ出し、その向こうの青、水面の青、あらゆる青にまで拡張し、そのスペクトルの一部と化し、階層すべて、地層すべてを突っ切って、考古学を蹴散らし、化石に群がる人間たちを根こそぎ葬り去って、生きる恐竜の背中、振り落とされ、さらに口の前、食われ、胃の中、吸収されて、そのまま養分、導管通って、花を咲かせる重要な任務、細胞の中に忍び込み、身分証明書を偽造、通貨を偽造、あらゆる証明書を偽造で発行し、盗掘、侵入、偽造カードキーで遺伝子に侵入、タイミングよく生え変わった牙の一味として、あらゆる草食恐竜、肉食恐竜、ときには一本の草まで、その消化に合わせて、全体の器官、筋肉、細胞分裂のＢＰＭを計測、予測、不可能な状態にまで達し、そこで咆哮することだ。書くことは言語に麻薬を飲ませることだ。言語に呪術をかける魔術師よろしく、己の存在を消し、税務署から、戸籍から、家族から、共同体から、国家から完全に脱獄することだ。つまり、捕まったとしても、わたしにはわからない。完全に麻薬体となったわたしはその意味がわからない。わたしは一本のサボテンである。無数のサボテンである。言語を攪乱する体である。われわれはこのようにあらゆる状況で混じっている。われわれは一つだと言いたいのではない。そうではなく、わたし、は、完全に、崩壊している、のである。無意識で書くのではなく、われわれは明晰でなくてはならない。もちろん論理的、合理的であってはならない。しかし、動物論理的、植物合理的というものはあるかもしれない。あらゆるものになれるのだから、四次元の話は不要だ。嘘は言わない。もちろん、書くことはすべてでたらめである。しかし、その仮の建築。足場板、配管、ネット、建設作業用エレベーターは、何もわれわれの治療、現実との適合、社会の要請、国家の決め事のためにあるのではなく、われわれであるためであるし、二人で書くことであり、それは波、あらゆる島、そこで生きるけもの、みんなの歌、鳥のさえずり、炎の揺れ、その町、炎の町、町人、焚き火の町のピラミッド、どこにでもある遺跡、今できた古墳、生きている古墳、噴火する火山、その町、町の商店街、そこに吹く木枯らし、川、橋、橋から見た自分、その向こうの青、水面の青、無数の青になるためにある。錯乱すること。わたしは錯乱しない。言語を錯乱させること。つまり、麻薬をぶっかけること。吸引させること。無理強いではなく、魔術師の体で。儀礼ではなく、突発的な出会いで。準備もなく、アドリブで。今すぐ、今すぐ。わたしは二十八冊の文献をもとにこの本を書いた。しかし、その本は読んでするらいない。つまり、本は読むものではなく、言語を錯乱にいたらせるための魔術師の薬草の一つである。それは干からびた薬草。薬草に見えないただの草。しかし、そこに死はない。草は死なない。われわれもまた死なないのだが、それは肉体が滅びないのではなく、草のように死なない。本は、一本の草、無数の草、見たことのない草である。名前をつけることもできない草。しかし、われわれは使い方を知っている。本は人と違う方法で、われわれの方法で使う必要がある。われわれはバロウズの全集を持っている。われわれはプルーストのメモ帳を夢日記を持っている。ケルアックが文字を書くときに使っていた自撮り写真、ピントの外れた無数の写真、ジョイスの食卓での『団欒録音』、レーモン・ルーセルの『ピアノ曲集』、収集していた『マッチ箱装画コレクション全集』、ニジンスキーの『棋譜』、アルトーの『航空券ファイル』、ローレンスの『自作動物図鑑』、熊楠の『精液点描画集』、メルヴィルのカットアップされてまったく別の残酷小説と化した『新・旧約聖書』、ラブクラフトの『病院カルテ』、ゴダールの『家計簿』、『現代・一遍ダンス曲集』、ベルクソン『直観記録』・『偶然記録』二部作、外骨の『性行為日記』、『盗撮写真集』、平賀源内『スリについて』に至るまで、あらゆる本を無作為に選んでいる。本は物ではない。

本は開かれた骸骨だ。まだ死んでいない体だ。触手を伸ばしている化学式、折れた大木、昆虫の抜けた足だ。今すぐ外科医を呼んで、その本を、足を、化学式を、体に接続し、まったく未知の無意識をつくりだすのだ。未だ知らぬ人間の、生命体の、鉱物の、分子の夢、つまり無意識の光景、立ち並ぶビル、規則、雑踏、市場、煙、湯気、蒸発したあとの、雲、神さま、そこでの罪と罰、そして、跳躍。鳥だけでなく、あらゆる物質の、鳥人間の実践、その奇蹟、曲線、沿線の住宅地、窓際の記念日、記念碑、墓地、墓碑、そこで生きているということ、その意味、生きがい、戦争、鉄製ヘルメット、防空壕、爆弾、火薬、救急隊、救急箱、絆創膏、擦り傷、そこでの痛みとは何か？　無意識などわれわれにはない。精神分析から脱獄すること。自分を判断しないこと。簡単に臨床状態に陥らないこと。あらゆる状態に陥らないこと。その前に逃げること。健やかであれ。三食食べ、食べたくなければ、空腹にもならない。睡眠はとらないこと。それよりも、起きていること。挙動不審でいること。眠らない体。体はいっときも眠っていない。骸骨になっても。もちろん。われわれは『千のプラトー』を書いている。わたしは突然、第十章『けものになること』を書く羽目になった。しかし、われわれは二人だ。二人でそれぞれに二つも惑星を持っているのだから、それだけで複数だ。分裂だ。核爆発、核融合を繰り返している。それだけで、時間はもうなくなってしまった。今、言語はうとうとしている。まずもって使うのはこの眠り薬。じっくりと仮の無意識へと、星雲となったわれわれのヴィジョンへと誘うために、まずは言語の睡眠を。反復を。見えないほど小さな段差が引き起こす、あの汽車の深い眠りを。死んだような寝顔の言語。

『蒸気船ウィリー』という映画を思い出した。知らない人もいるかもしれない。おれも知らないのだ。ねずみが主役であるということ以外には、何も知らない。いや、こういってよければ、わたしはそれを知っている。端から端まで知っている。すべてのフィルムが頭に入っている。そこで動いていたねずみは、わたしの同僚だった。ねずみには単位がない。彼らには顔があるものの、それは識別する必要があるのではなく、顔は毎日変わっていた。一匹のねずみを捕まえても、翌日には二匹になっていた。それはおかしなことでもなく、わたしの勘違いでもなかった。研究所があるわけではない。手違いが起きているわけでもなかった。それは一つの映画である。事実だ。そこで起きたことはすべて事実だった。わたしは映画館でそれを見た。切符も購入した。

誰かから買ってもらったわけではない。盗んだのだ。金がないからといってこそっと隠れて入るようなことはしなかった。金を盗んで、それで購入した。そうじゃないとわたしは観客ではないのだ。それは幻であり、わたしはそこにいないことになってしまう。わたしには誰もいなかった。わたしは捨てられたのだ。ずいぶん前に。死ぬよりも先にわたしは捨てられた。わたしの体はどこかに捨てられていた。誰かが拾ったんだろう。それは特定できない。しかし、そんなことはどうでもいい。わたしは過去のことを振り返らないのではなく、過去がないのだ。わたしは思い出すことができる。つまり、それは今で、今起きていることではなく、たった今だ。ねずみはその点、間違いを犯すことがない。ねずみはわたしと同様に映画館の中にいた。スクリーンではない。スクリーンに映っているのは、ねずみの断面図にすぎず、つまり、それはホリネズミの巣穴みたいなものだ。ホリネズミは巣穴を地中でつくりながら、そこでしか暮らさない。しかし、彼らは世界を閉じているのではなく、煙のようなものとして捉えている。彼らの巣穴を確認しようとしたら、地面を輪切りにするだけでは不可能だ。彼らの道は、トンネルではなく、思い出に近い。そこにはなんら穴はなく、わたしが先に巣穴と言ったことは間違いである。わたしはときに間違いを犯す。しかし、それは誤解が何かを生み出すのとはまったく逆で、プラズマのように電気を発生させたあとしばらくしてただ消えるだけだ。わたしの記憶は正確だが、それはわたしが二度考えるという行為をしないためだ。わたしは考え直さない。観客が思い出すのだ。一般受けしない映画だったが、わたしはそれを見た。見たから、これを書く。見ないと書けないわけではない。わたしは金を盗んだから見ることができたのだ。映画では、ただねずみが繁殖するだけだ。繁殖するねずみは次第に、ねずみではなくなる。それは森になった。川になった。川はどこから流れてくるのか。少年はその場所を知りたくなる。小指をかまれたりしているのに、少年はあくまでもそれを不注意による〈怪我〉であると思い込んでいる。しかし、注意しなくてはならないことは、わたしたちもまた怪我をしていると感じてしまうところにある。わたしはただ座っているだけだ。同僚のねずみはそれを知っている。わたしの居場所を知っていた。それはあらゆる人たちにとってもそうだ。居場所はもうすでに知られている。わたしたちは逃げようがないし、逃げる気もない。暗闇だから逃げないのではない。金を払ったから逃げないのではない。夢中になっているのだ。少年は娘から求婚されるが、その娘の背後にねずみの気配を感じ取り、すぐさま破棄する。少年は逃げようがないことを知っていた。

だからこそ、彼は川の源流を取り戻しに向かったのだ。水滴のようなものは糞尿だったりした。鼻の器官はもうすでに崩壊してしまっている。匂いなどもうどこにもない。自宅も通り過ぎた。それは資産価値があるものだ。しかし、少年はそれを放置する。濁流に飲み込まれるときでさえ、人は税金のことを考えるものである。命など二の次なのだ。そこで少年は舟をつくる。舟こそ、自分とねずみの間に、面をつくりだす。舟は水面をつくった。光が射し込もうが、そこには魚は一匹も見当たらない。そこで少年はおかしいと気づいた。

少年はただ独り言をいっているようにしか見えないが、それはあくまでもスクリーンでのことである。わたしたちは一粒もふりかかってこない水のありかを探していた。少年はそこで門番となっている。少年に見えていたはずの幼い男は、カメラのクローズアップによって巨大な岩のように見えた。水がそこにしたたっている。涙ではなかった。少年はひたすら走ってきたはずだが、汗一つかいていない。時間が経過していないことがわかった。しかし、岩の上にはねずみが、よじのぼっている。背後には川が流れていた。彼は上流まで一気に向かった。わたしの足元にもねずみがいた。そのねずみと、スクリーンのねずみはお互い対話をしたのだろうか。わたしは考えずに言った。

「それはねずみじゃない」

観客であるわたしは思い出した。そのとき思い出したわけではない。今、そのシーンが頭に浮かんでいる。しかし、それは体験したことだと言えるだろうか。川はあきらかに水かさが増していた。ときには水中の模様も映し出された。だから、考えようによってはそこに人間もいたはずである。少年以外にも！　しかし、少年はそのことに疑問を感じない。わたしも感じなかった。立ち上がる観客もいなかった。タオルは用意されていた。しかし、ふりかかってきた水滴を拭くものは一人もいなかった。どこからこの川が流れてきているのか。少年は水の流れが逆であることに気づく。気づくのが遅いということをわたしたちはもうすでに知っていた。しかし、誰もそこで口を動かさない。わたしたちのからだは一つ一つに反応するようにはつくられていない。少年は人間ではないのかもしれない。わたしが口にした言葉は、川ではなく、少年に向けたものだった。

同じものをつくりだすだけでは満足がいかず、地形を変化させ、一つの気象現象にまで発展させようとしたねずみの繁殖。ねずみ、ではなく、ねずみの繁殖が少年のからだを動かした。少年は移動しようとしている。わたしも移動したくなった。移動したくなったからといって、そのままどこかへ行けばいいのでもない。しかし、わたしはその場を立ち去りたくなった。逃げろ。いますぐ逃げろ。どこかから声が聞こえてくる。もちろん、この声は自らつくったものだ。人は常に自ら作る。どこにも音の鳴るものはない。音はどこにもいない。映画館の外に出たら、そこは大洪水だった。それはねずみの繁殖による川の氾濫だった。少年はどこだ。わたしは探そうとしたが、ねずみに笑われる。そんなことをしても意味がない。意味がないことだけをすればいい。映画館の壁は崩れ落ちていた。突然のことで、観客たちは誰も理解していないようだ。立ち上がるものは誰もいない。しかし、このとき理解が何の役に立つのか。わたしは考えなかった。誰にも尋ねなかった。ただ扉を開けただけだ。大洪水はわたしのことなどおかまいなしに流れていた。濁流はチケット売り場にまで流れ込んでいた。

ここは半地下になっている。水はどこまでも流れるだろう。ねずみはどこへいった。わたしは無限に増えるねずみ、小さなねずみの水滴を横目に見ながら、さっきまで足元にいたはずのねずみを探した。

わたしは勝手につくった言葉などここで書かない。書いている場合ではないのだ。時間がないわけではない。時間はいくらでもある。わたしには義務もない。しかし、わたしは死に瀕していた。そう見えていた。いくらでも熟考することはできた。図面もあるだろう。地図だって、探せばみつかるはずだ。しかし、一刻もはやく、わたしは逃げ場所を探す必要があった。言葉をつくりだすよりも、わたしは勝手に言葉を盗んで、その場しのぎにこの場を逃げるしかない。耐えることはできない。わたしは自分の欲すること以外に何ができるのか。考えることもしない。足は勝手に動いていた。少年の足だった。少年はいなかった。目もいくらか変化していた。目は地形のように測量できた。わたしは道具がないだけで、今にも仕事をしそうになっていた。その途端に、濁流はわたしを飲み込んだ。息をする必要がない。ここには酸素がない。酸素は毒素だった。植物たちによる反乱ではない。植物はただ、彼の意識で、生きているだけだ。わたしとは関係がないのではない。わたしはその一部にすぎないのだ。風と一緒に、わたしは植物に呼ばれた。少年は思い出した。わたしにはその記憶はない。記憶はいつも変化し続けていて、そこにわたしはいないのだ。濁流が流れたところまでは、目で見ている。あとは、違う何かの記録だった。それは記憶ではなかった。川には支流もあるだろう。どこかにわたしは行くのだろう。移動するよりも先にわたしは川になった。川には当然ながら目はなかった。

熊楠は思い出した。博物学がかかえる最重要問題の一つは、動物相互間の関係を考えることだ。おれは小屋を借りた。しかし、それは人間との契約ではない。小屋は森の中にある。小屋は誰が建てたわけでもない。一千年前の人間となら、契約の一つでも交わしたかもしれない。亡き者との相撲、果ては白女たちとのごちそう。舌だけつかっても味はわからない。味は手にも残るし、髪に宿るときもあるのだ。記憶はなくなる。記憶はなくならない。森の記憶は、毎日変わる。祖先は歩いてたどるしかないのだ。文字には残らない。足には残る。足は時間を超える。足の時間は、忘れたことと遭遇する。足は小屋と会った。小屋はそこにあった。新種の植物なんてものはない。

足がそれを知っていただけだ。小屋もまた植物と同様、そこで暮らしていたのだ。大自然は模倣しない。繰り返されているのでもない。似ているものは近しい祖先を持つのではなく、そこから分岐したわけでもなく、まず違う。人間は思い込む。思い込みがある水準を超えると、その無数の人間の多さに従って、科学となる。科学は夢を作りだす。夢の中で、われわれは動物たちと交わり、動物の子を持ち、一つの共同体を形成する。しかし、小屋は夢ではなかった。おれが見たものは夢ではなく、まず第一に、おれは夢を見たことがない。おれが見ているものは、足が見たものだ。足は指が見て、土踏まずが見て、かかとが見る。ふくらはぎの中には蜘蛛と同じような目の構造があることがわかっているし、それは神話にはでてこない。それは夢ではなく、景色であって、そこにも光がある。人間は体内に光をもっている。それは内なる光とはまた違うもので、具体的にものを映し出す能力を持っている。それにはもともと人間は気づいている。だから、夜、人間は歩き出したのだ。おれは夜しか歩かない。それは視界を閉じ、足の目を活動させるための運動と言える。目にとらわれないように注意をはらい、夢の世界で起きたことを順序立てて語らないようにすべきだろう。足で見たものを手や口であらわすことは、目で見たものを食べようとすることに近い。ごちそうはそんなところにはない。ごちそうは音楽にある。足で見たものは音楽にする。インドネシア島の西端にあるミンダスッタという村には、昔から足で見たものに従って、見た瞬間に起き上がり、湖の近くで育っているコンランソウという名の草を並べる習性がある。それをもとに村の音楽家が演奏し、その日のすべての行動が決定する。それは村全体の行事だけでなく、一人一人（たとえそれが生まれたばかりの赤ん坊であっても）の細かい行動にまで及ぶ。森にはわれわれが直感と呼ぶような、突然落ちてきたような思考に近い動きがある。どんぐりが突然落ちたりするのもそうだ。木が倒れる時間、そして、倒れる角度も、わたしたちには偶然であると片付けてしまう。しかし、そうではないのだ。機械化されているわけではない。彼らと呼んでも、森は一つの共同体ではない。かつ、草一本一本に、分割されているわけでもない。それは同時にある。

ある日、おれが岩の上で、しばらく寝ていたときだ。ネムリグサをパイプにつめて、勢いよく吸い込むと、おれは少しだけ会話ができるようになった。誰、と決めるわけにはいかない。そういう数えかたをしない。ここでは、数がない。一つは、八千と変わらない。おれの前には顔が浮かんだ。口笛だけは絶対に吹いてはいけない。口琴だったら大丈夫だ。江戸時代にすっかり消えてしまった口琴は、モグシという犯罪集団たちの中でだけはひっそりと生きのびた。彼らはある山に逃げ隠れた。もともと何か欠陥のある人間たちだった。気狂いと呼ばれていた人間だ。人間のことがわからない人間。話すことができない人間。自分の中に、魔物が住み込んでいる人間。晴れた空が暗雲に見える人間。目が見えすぎる人間。耳が三つある人間。指先が二手にわかれている人間。数千メートル先の話し声が耳元で聞こえる人間。死体の臭いを嗅いでしまう人間。人間ではないと思ってしまっている人間。そういう人間の言葉が口琴だった。おれが会話したのはモグシだったのかもしれない。モグシはもういなくなったと言われていたし、たとえ生きていたとしても集団ではなく、一人でひっそりと暮らしていると聞いていた。彼らには生き物の優劣はない。たとえ一匹のアリだろうが、一つの社会の一員として受け入れている。彼らは独自の言葉である口琴で、一つ一つ書類までつくっていた。われわれが無意識と呼んでいるものは、モグシにとっては明らかに言葉であって、彼らには音楽という概念がなかった。おれの弟子の大中(だいちゅう)は、中学生のくせして、頭はとっちらかって、そこらじゅうを歩き回っては、罵倒し、腹に刃を突き刺し、それで平気に笑って、毎日、明十橋の上で、叫んでいる。もちろんまわりの人間は、大中のことを無視して、それこそ病院送りしようとしているが、おれは観察した。おれはいくらでも変身することができるといって、大中は橋から飛び跳ねた。骨折は日常茶飯事、重体になることも多かった。しかし、大中は死なない。漆喰壁だろうが、なんだろうが、簡単にすり抜けられる。誰に言っても信じないだろうが、本当にそうだ。おれは動物どうしの問題、博物学の分類は完全に無意味だと思っているが、それもなにも大中やモグシのように、人間の中で、おれは何かを見ていた。大中はとにかく速かった。そして、あくまでも遅かった。おれの目は、大中の動きに合わせることはできない。おれは植物を調べるのをやめようと思ったくらいだが、ある日、小屋の中で仕事をしていたら、大中がやってきて、おれが書いた研究論文をかたっぱしから、食っていた。「紙は食べる。紙は食べる」ってずっと叫んでいた。

ベルクソンは思い出した。われわれは人間だったが、いまや人間をすり抜け、人間から逃げ出し、人間の皮膚を内側から突き上げ、引き裂き、その器官一つ一つをメスで切り分けながら、血を吐き出し、あばら骨を折ることなく、その隙間をぬって、めくり、喉のほうまで切りとおすと、鼻腔を丁寧に折り広げた。そこには無数の野原があり、虫が群がっていた。一本の毛も捨てることなく、アルミ板の上に並べ、わたしたちはついに神経線維を極細のピンセットで慎重につまんだ。動物だって、一緒だ。川沿いに暮らしていたものたちの集落があり、低い屋根が並び、粗末な煙突からは煙があがっている。橋の上から眺めていたわたしは、その煙にみとれていた。匂いが詰まっていて、食欲がそそられたのである。橋の上のわたしは、草履などなく、垢でできた靴をはいていた。まわりに近づくものはいない。もちろん、わたしは人の子である。しかし、誰も知らない。わたしのまわりには人間がいなかった。もちろん、人間はいる。近くに寄ってこないだけで、話しかけてこないだけで。わたしはどうでもよかった。金などなければ、誰からも文句を言われることもなく、金を欲しがらなければなおさら、もはや町は不要なのである。そのためのものでしかない。わたしには町が崩れ落ちていた。新築のビルでさえ、そこに建っているのに、ほとんど見えなかった。視界は金に依存している。体の器官は、すでに一つの国家と化していた。しかし、その黒煙は明らかに、生き生きと躍動しており、わたしは鼻が動いた。鼻は明らかにわたしよりも前をひた走っていた。彼らは競技者だった。わたしは身体能力が彼らよりも衰えている。しかし、それは運動競技の内容が違うだけで、鼻に任せるという行為もまた、別の瞬発力が必要なのだ。垢の足は、遅く、途中で何度か殴られた。橋の上には、それぞれの境界があり、わたしの歩くための空間など皆無に等しかった。わたしは橋を渡りきると、石段を降りていった。舗装はされていなかった。ただそこらへんに転がっている丸石が交互に埋められているだけだ。それは何かの鱗のように見えた。泥はぬめっていて、両生類の皮膚の上をわたしはバランス取りながら歩いていた。細長い首まで到着し、飛び降りると、そこには町があった。橋の下だ。本来なら、そこは人間が住むための場所ではない。人間には住む場所が決められていた。そこは冥界なのか。そのことも一つ考慮しておく必要があった。わたしは自分の鼻に聞いた。しかし、鼻は立往生することなく、町の入り口を発見した。迷わず、中に入っていく。わたしは取り残されたままだった。気配はそこに置いてきた。腹が減っていたので、体は鼻についていった。人間がいない。あばらやが並んでいた。黒煙が目印だった。ガラス戸を開けると、そこに人間があつまっていた。誰もが顔のない人間だった。隣の人間と皮膚が溶け合っていた。わたしはすぐにその中に入ることができた。彼らには契約がなかった。わたしはそこらへんにある埃や、染色体や、血液などを体の一部になすりつけて、匂いを消した。骨がむき出しになった男の肩から向こうを覗くと、楽団が楽器を弾いていた。ここには無数の死体が運ばれてくる。人間だけじゃない。馬も牛も豚も。それこそ犬も猫もいたちも。人間がいやがるそれらの埋葬を、肉の解体を、彼らが担っていた。臓物が梁から吊ってあるワイヤーにぶらさがっていた。しかし、そこは血みどろの地獄でもなんでもなく、それは一つの薬、そして、一つの楽器だった。彼らは埋葬をする役目を担いながら、実はそれを死とは決して言わなかった。むしろ、楽団を組んでいた。舞台の端のほうで、挙動不審な男は下を向いている。そうかと思うと、首をかしげ、一緒に演奏する太鼓の男に近寄り、怒号をあげた。彼はしばらく納得がいかない様子で、舞台の上をうろうろしたり、呆れて舞台から降りたりした。楽団は汗をかいていた。観衆はほとんど一つの塊になろうとしていた。わたしの指は前の骨だらけの男にくっついて離れない。しばらくすると、静かに男が出てきた。明らかに目はうつろで、今にも倒れそうだった。手には大腿骨でできた縦笛を持っていた。黒人だった。黒人を見たのははじめてだった。彼が笛を口にすると、われわれは吸い込まれた。一つの塊はやわらかい空気だったのだ。笛はまるで塔のようにわれわれの視界に入り込み、そこからは眺めが見えた。まだ完成しない塔は、建築であることを完全に忘れてしまっていた。マイルス・デイビスは一七三〇年から一七三五年にかけてだけ生息していたこの男の奏法を、会うことなく身につけていたのだ。それは啓示ではなく、作用にすぎない。技術は伝達するのではなく、コイルのような人間の骨や内臓を伝って、電導するのだ。そこに言葉はなく、しかし、音楽とも言えなかった。それは塔のようで、われわれは彼の中で一通り、生物の目にしてきた景色を垣間見ることができる。それは経験ですらない。音楽が鳴り終わったあと、わたしはどのようにしたら彼らの一団に加わることができるのかを考えだしていた。彼らは無秩序だ。それがまぎれもなく彼らの社会を貫いており、これはわたしの癲癇による、自動口述がつくりだした神話では決してない。儀礼からは遠く離れていた。それは決して見ることができないはずの景色だった。わたしは物語の中でなく、橋の下に隠れていた町の外れで見た。つまり、男は魔術師だった。川沿いの黒煙は、地下へと誘う穴の役目を果たしていた。時計もなく、兎はもうすでに死んでいた。しかし、赤い目はわれわれのくぼんだ眼孔に居座ったままで、わたしは目をつむることすら忘れてしまったのである。

われわれの変化、わたしの変化、そして、男の塔は模倣でもなければ、同一化でもない。はっきりと断言できるのは、この変化は想像力の世界で実現するものではないということだ。たとえ、男の塔から見ていたものが、昼間なのに夜だったとしても、それは夢や幻想ではない。四百年前の出来事だが、それは完全な現実であり、わたしは現実の中でしか見ていないのだ。それは今、立っている街角で起きたことであり、石碑や文書でつくられた空間ではない。確かにそこは死体置き場であった。つまり、わたしも死んだのかもしれないし、それはただわたしという人間に身分という社会がつくりだした、秩序による労働かもしれない。だが、わたしは署名をしていない。明らかに現実に起きたことだが、わたし以外にその出来事を口にできるものはいないのだ。わたしの口から生まれるものは、男の塔でしかなく、それが妄想であるか、マイルス・デイビスのオン・ザ・コーナーを聞いたときに訪ねた場所だったかどうか、そんなことを聞かれても、答えなければいい。答えなければ、問いは延々とそのままに放置され、そこには時間が生まれる。黒煙はまっすぐ空に伸びていたが、放置しておけば、そのうちに大気となじんでいくだろう。そこにいたのは無数の死んだ動物たちだったが、わたしは兎になったわけでも、馬になったわけでもない。そのように目の前の何かになるということではない。わたしが〈なった〉のは図鑑には生息していない動物であり、たとえその動物がこの現実に存在していたとしてもまったく似つかない代物だと人は言うだろう。しかし、わたしがその〈けもの〉になったことは現実なのである。男は現実ではなく、塔も現実ではなく、われわれと呼んだ群衆のむき出しの骨、橋、大腿骨の笛……。それらはまったく現実ではない。しかし、一連のわたしの行動、発見、鱗を渡りきったあとに見た昼の夜のライブ。それは完全な現実なのだ。われわれが放置したもの、そこにだけ時間が流れる。それは余韻のような持続であり、倍音が発生したときに集まってくる犬の群れである。決して慣れることがなかった犬が、ある日わたしの前から離れなかったとき、その犬はわたしに持続している、その音、男、塔、群衆の汗がつくりだした伽藍に住まう僧侶になる。犬も現実でなければ、僧侶も現実ではない。それはわたしと対応するものではない。しかし、わたしがその伽藍の下につながっている通路を見ていること。それがわたしの着想である。

最後に〈けものになること〉が進化ではないということ、少なくとも遺伝子にもとづく生物的な進化ではないことだけは明確にしておかなければならない。何かを分類するのは、想像力の世界にすぎない。化石を見て、恐竜がいたと定義するのは、一つの夢見の技術となんら変わらないのだ。もちろん、それは不正確だと言っているのではない。「目を覚ましたとき、恐竜はまだあそこにいた」と市場で肉屋のバイトをしていたグアテマラの小説家アウグスト・モンテローソは言った。主語が消えてしまっており、誰が、と確定することはできない。この一文は進化に対しての一つの回答であり、これもまた放置した時間である。夢ですらない。ここには恐竜というものが、分類した結果に生まれたのではないことが示されている。つまり、まだ恐竜は絶滅していないのだ。皮膚の色すらわからないものを死んだことにすることはできない。殺すことができないものは、まだ生息しており、どこかでひっそりと息をしながら、いつわれわれに食らいつこうかと時機をうかがっている。けものになることは、まだ死んでいないものとの同盟である。わたしは恐竜と共生しているのだ。それはエコロジーで捉えることができない。それはファンタジーの一つであり、恐竜博物館では化石をカプセルトイで買うことができる。いつ七千万年前のサメに食われるかわからないというのに。地上で生きているからといって、夜一度だけの睡眠に切り替えた人間は、海のことを忘れる。化石がモロッコ〈産〉だからといって、畸形の緯度・経度に慣れてしまっているのだ。ソテツなどをコンクリートで舗装された道端で見ると、わたしは恐ろしくなってつい逃げ出してしまう。ソテツは周辺の空気に一つ声をかけるだけで、あらゆる時代の生物、天変地異を呼び出すことができる。それは魔法でもなんでもなく、ただ死んでいないものを、生きていると理解する知識である。アルトーはメキシコへ行ったが、われわれは近所に住む呪術師のことを忘れすぎている。片田舎で痴呆症になっているショッピングモールの横でドクダミを摘む老婆を追跡せよ。生臭い魚、魚の野菜、魚のハーブ、トカゲの尻尾、カメレオンの植物、心臓の葉、司祭の草。ドクダミはそこが海であるということを示す地図である。そこに魚はいない。しかし、日本では太古〈シブキ〉と呼ばれていたように、そこには魚の形跡がある。飛び散った水滴はまだ水面に到着していない。われわれはそのような持続の中で退屈している。しかし、ドクダミの茂みの中に釣り針をいれても、魚は一向に釣ることはできない。ドクダミと魚によって水滴、海が広がり、その同盟はインキンタムシ、つまり、白癬菌(はくせんきん)によって成立している。このような同盟は生物的進化からは発生することがなく、結合、交配などは意味をなさない。むしろ、伝染や匂いによる伝達を媒介にして行われる。飛沫は海ではない。海の上の水、そして魚の尾ひれの先端である。じめじめとした日陰の草の群れの中に飛沫は今も宙空に浮いたままだ。この同盟は、ショッピングモールから星の航海術によって旅に出る者にとって一つの兆しとなる。旅ではなく、移動でもなく、時間は静止しているわけでもなく、それがカヌーに当たる波線であると知れば、見えない島もおのずと見えてくるのだ。

魔術師は思い出した。タクシーに乗ると、人は話しかけなくてはならない。彼が何をかぶっているのか。それは太古からそうだった。忍び込んでいる人間の素性のことを知らないのは敵だけでなく、味方もまたそうなのだ。味方すら知らない人間をつくりだすには郵便では不可能である。国家が決めた地番、土地の記号によって生み出された人間の足には、目がないからだ。では、どうすれば可能になるのか。鳩によって、伝達すればいいのか。もちろん動物兵器は一つの方法である。伝書鳩は元来、煙草屋が兼業していた。必要な物資はまず煙草からはじまるのだ。食料ではない。人間は食料よりも、まず交信を行う。あらゆる生物がそうだ。生きているということは、交信そのものと言える。わたしたちは一つの交信装置であり、しかし、それは一つの部品にすぎず、パーツ屋で買い求めることはできない。タクシーは今も残る交信のための空港である。タクシードライバーは魔術師の領域だ。それは群れをなしているわけではない、徒党も組まれていない。一見、そのように見える。しかし、彼らが使う無線は、別の群れを作りだしているのだ。職業は隠している。あるタクシードライバーは言った。「わたしは電柱をずっと作り続けているんですよ」ハンドルを握り、こちらを向くことはない。彼らには顔がない。それは口元だけ動く、マシンのようであり、時折、こちらの話とは別の話題が漏れてくる。タクシーの中には多種多様なものが漏れている。漏れ出たものの多くは、流れていく車窓からの景色と一緒に溶けていくが、そうでないものもある。そのためには、質問に答えるのではなく、質問すること。根掘り葉掘り聞くこと。こちらの素性を知られるよりも先に、相手のことをタクシードライバー以外の存在にすること。財布を持ち出せば、ナビの液晶画面をタッチすれば、すぐにわれわれは労働の予感を察知し、既存の関係の中でおとなしくしていろという声に耳を貸す。そのときに、口を動かすのだ。電柱をつくりつづけていた男は、もともと神殿を作っていた。親友は漁師だったが、電報を打つ仕事をはじめたという。それは転職ではなかった。それは計画の一部であり、男は知ってか知らずか電柱の仕事に従事するようになった。彼は声を伝播させる魔術師なのだ。電柱は一人でつくった。

一日に七、八本は立てていた。もうすでに四万本を超えた。つまり、われわれの声は、彼の声であるといってもいいのだ。われわれは彼に占拠されている。それで声の伝染の補助を行っているのだ。彼の声はいまや無数となり、もはやどれが彼の声で、どれがわれわれの声なのかわからなくなってしまっている。しかし、それを止める機会はあったのだ。何度も。電柱を立てる男はとがめられることが一度もなかった。誰も制止することを忘れていた。それもそのはず、男の住んでいた場所は扇山という猟師が一人もいない里山で、農業もしないために、みな山に繁茂する植物や木の実を食べていた。動物は一切食べず、海からも離れているために魚も食べなかった。唯一、食べたのがカエルだ。緑色のカエル。人は死ぬ前に、緑色の景色を見るという半死状態の症例もあるとおり、カエルは死と関連がある。それを村の祭りのときに食べる。何もしない。何もでない。食事もカエルのみで、どぶろくの酒をあおるだけだ。少年だろうが、少女だろうが、関係ない。村にいる人間たちはそのまま真っ暗な寺院で酒を飲むのである。タクシードライバーは寺院を修復していた。隠れ場所がいくつもあるのを知っていた。そこに女がいた。村の女だ。誰も、彼も、そこでは性交渉を行うことができる。カエルはそれも知っていた。ほとんどの人間がカエルになっていたという。

酒で酩酊していたのではなかったのだ。女だってカエルになっている。しかし、そのときに気持ち悪くはならなかった。もちろん、何度か嘔吐はしている。出し切ったあとから、それは始まる。まず、男はそれぞれに紫の染料のもとになっているハネという植物を使って、カエルに似た匂いを体に塗りつける。それはまた消毒効果もある。紫色になった男たちは、隠れた女たちを探すのだ。タクシードライバーは十二歳になったばかりだったという。酒とカエルで酩酊していたが、不思議と当時のことを細かく覚えている。女が隠れている場所はすぐに見当がついた。タクシードライバーはそれを仲間に教えることはしなかった。独り占めするつもりはなかった。そもそも何をするのかすらわからなかった。本堂の屋根裏にあがると、人影が見えた。声をかけると女がしくしく泣いていた。心配になって近寄ると、すぐに女は柱の裏に隠れた。それでも力ずくでやれと命令されていた男は、手首をつかんだ。そこで嚙まれた男は一時、境内の外に逃げ出す女に執着した。山林のなかに入っていった。追いかけていったが、男はすぐに方角がわからなくなった。このあたりは人がだまされる場所だ。よく採集していた山菜が生えていたので、見慣れたところかもしれないと、腹が減りだした男は山菜をつむと口にした。しびれが出てきて、また面食らった。女の声はした。

助けを求めていた。男は何も悪いことをしているわけではない。しばらく進んだ。村のものが探しはじめていた。完全に迷子になった男はまだカエルだった。姿はすっかり少年に戻っていた。そのとき、目の前の岩の上に、見たこともない動物が現れた。鼻がながく、顔が細い。牙が見えた。目が光っていた。目は木々の間から、無数に見えた。彼らは集団を形成していた。傷がついた。触れてもいないのにである。タクシードライバーはいつのまにか取り囲まれていた。カエルはまったく恐怖心を感じていない。カエルは化けるのではなく、それらの群れの神経と同期することができる。それは蜘蛛の巣のようになっており、カエルはその一員になるのではなく、むしろその群れの風景の一部と化すのだ。それは木の幹であったり、虫であったり、落ち葉や風になったりする。群れの神経は、それらも含めて、集団を形成するために、カエルは彼らそのものとなった。そこでカエルは性交渉をした。見たこともない動物と交わった。

わたしとの話のなかで、彼はカエルの大群、見たこともない動物の群れとして車を運転していた。つまり、そのとき、木の幹を通過した神経はわたしの脳髄にも伝わり、車の内部にある燃える機械ともども、一つの群れとなっていた。そこにタクシードライバーの個別な記憶や、わたしの財布の中身などは、別の意味をもち、それぞれの特徴や個性であるということを突き抜け、通貨は鉱物であることを思い出し、われわれの電気信号をちゃんと受け取っていた。高速道路を走っている真夜中のタクシーは、見たこともない動物の群れなのだ。ヴァージニア・ウルフは、魚の群れとしてパンを買いに町へくりだす。「真実を待ち望んだ骨は折れながら、言葉は吐こうとした。ああ、欲しい。いつか――（あっちからは悲鳴が、こっちの八百屋には道を外れた車が激突。バス同士が、どん！）――いつまでも――（駅の時計ははっきりと昼の歌をうたう。金のうろこには光。子どもの群れ！）真実を。赤は丸屋根、小銭が樹木にぶらさがる、煙突からけむり、怒鳴って、叫んで、うめいた。鉄売ります！」ウルフは肉体ではなく、ウルフが見るもの、ウルフのうしろの蝶の羽。それは時間だが、車の通り過ぎる景色は、髪の毛みたいだった。水滴だって飛んだ。水たまりに移る、ウルフの下着は、空と一緒くたになって、それだけで壁紙だ。全体のことを言っているのではない、そこに地球はない。宇宙ならある。あるものだけが、ずらずうっと、ひきずるのではなく、それぞれに加速している。その加速度は、何も動かさない。動かすのではなく、われわれがそこで動いてしまう。溶けてしまう。熱はない。凍っているのでもない。海水に触れたとき、そのまま水生動物の記憶とつながるように、それは溶けて一つの氷山になる。それが町で起きているとき〈幻の網〉と言ったウルフは漁師ではなく、やはり魚の群れなのだ。

群れに対する魅惑。それは恐怖でもある。それは、町にいながらどこかに行くことである。椅子の上で座りながら、湖を散策することである。外から見れば、彼はただの散歩者かもしれない。しかし、その皮膚のしたに生息する生命体は、ひりひりと挙動不審であり、いつかくるかもしれない、裂け目を今か今かと待ち受ける。それは空っぽのトンネルであり、もしくはホースかもしれない。そこに自我があればどうする？　トラックに轢かれ、水によって圧死するのだ。人間なんか、そうではないのか。しかし、人間ではないものも、それぞれに背骨をもち、背骨はない。分岐することもなく、それらはもう長いことそのまま皮膚のしたでえら呼吸をしている。苦しいという感情もない。いや、実際は苦しいはずだ。しかし、感覚よりも先に、そこにいることの不明瞭さが、彼らの心臓を動かしている。その血管一本一本を数えている人間は、散策ではなく、植物同士のいさかいに近い。見えない惑星で起きていることもまた、われわれには近い事故なのである。それは新聞記事の交通事故となんら変わらないし、死亡通知は、今も至るところで発見されている。それは怖い。怖くなる。ウルフは双極性障害であると病跡学で言われているが、それが彼らの治療に近づくことはない。彼らには熱狂と落胆があったと言うのは簡単である。しかし、そこに絶望などないのだ。それは絶望を突き抜けて、皮膚の下の水滴に漂う水生動物の声にもならない話し合いとなる。わたしは今、映画館の前でこのねずみの大群を見ながら、ふと思った。これを殺せば、いくらになる？　しかし、同時にそれは川であり、わたしは一隻の船でもあれば、そのままここから移動するべきだ。他の場所へ行くのではなく、ここから離れる必要があった。いや、むしろ、わたしは川に飲み込まれるのではなく、川であった。そこまでわたしはぐらついており、隙間だらけで、今、名前を呼ばれても、返事をすることができないだろう。それどころではなかったのだ。わたしは自然に反していた。わたしなのか。わたしは溶けていて、人間ではなかった。そいつには自然は別のものに見えていた。そこにもう一つ別の、自然があった。川沿いに発生していたのは、時間による文明だった。まだ植物が発生するのは早い。花もまだ存在していない。そこにいたのは時間であり、時間の奴隷であり、時間の王であった。

別のものになることは、自然に反している。しかし、そのときもう一つの自然が発生する。自然はわれわれと同じように、変化せずして姿を変えることができる。そこに矛盾があっても、それは一向に構わないのだ。新しい命令に従えばいい。わたしはすぐに死にたくなる。おそらくわたしは自殺するだろう。しかし、それは避けられないことなのだ。それは精神病によって引き起こされているのではない。それはわたしが、自然に反した婚姻をしているからだ。それによって、わたしは自我がゆらぐ。ゆらいだあと消失する。わたしは、わたしと書きながら、一体、どこにいるのかわからず、しかもそのことにまったく頓着せず、迷いもせずただ彷徨しているのである。書こうと思って、書いているわけでもなんでもなく、書かされていると思うほど交信できているわけでもない。ただ、わたしがけものであるとき、群れの気配も感じつつ、その自然とは別の場所で、一人の人間として生きているからだ。わたしは完全に別のものになっているとき、そこで起きた死を目の前にして、死んでいない人間のわたしに違和を感じる。それは個人的な感情ではなく、わたしの性格でもなく、けものとなったわれわれの能力なのだ。それを避けたら死んでしまう。しかし、避けなくても死んでしまう。それは寿命とは別のものだ。わたしは人間だが、ホモ・ハビリスだった。それを恐竜博物館から出てきたあとに車を運転しながら見た夕日は、子どもの頭蓋骨にもなりそうな大きさだった。そこで見た自然には、わたしはまったく存在しておらず、生まれるもなにも、人間がそこにいなかった。軽自動車のガソリンはもう少なくなっていたが、それとは関係なく、わたしは車やガソリンや保険などが、すべてシダ植物の葉一枚一枚に変貌するのを見た。それはまぎれもなく、わたしの目だ。わたしは叫んだ。歯をむきだしにして、叫んだ。声は誰にも聞こえなかった。ラジオの音量は最大で、明日の天気を占っていた。しかし、わたしは人間ではなく、葉脈をよじのぼる水滴として叫んだ。人間がいないことを呪っても仕方がない。そこにわたしはいなかったのだから。景色はずっと変化していたが、それはつまるところわたしの移動ではなく、時間の移行にすぎなかった。この道は、先にもつながっていなければ、恐れおののいて退いているのでもない。矛盾した橋を一本下駄で渡る行為だ。その橋はトンチを利かせる以外には、わたしを放棄するしか渡る道はない。痛覚を忘れる。なかったことにする。恐怖だけの状態にする。挙動不審のねずみ。しかし、それは断じて退行ではない。

潜在的な群れ。それは同じ種類の動物が群れることとは異なっている。それは見えない。見えにくい。一人の狩猟者がある場所に訪れる。その場所に対しては何の記憶もない。しかし、狩猟者は生存者の気配を感じる。一人ではないと感じている。しかし、姿はない。敵とは何か。敵を探すことからしなくてはならない。持っている銃器は大したものではない。狩猟者は前科を持っていた。殺したことがあるのだ。しかし、そんなことはまったく関係がない。ここは違う場所であり、つまり、違う惑星なのだ。それは夜にわかる。昼に見えたものが月じゃないことも知っていた。狩猟者はそれぞれ各自技術を持っている。それは、先人から教わったものだけでなく、生まれたときから船の上で過ごす南方の人間のように、波の揺れ自体がそのまま彼にとっての地面なのだ。植物が彼を癒す。それもまた武器だ。しかし、そこで生息しているものは得体がしれないものだった。どこに身を潜めているのか、見当もつけられない。そもそも自分は何をしにきたのか。命令すらない。閃光が見えたと思ったら、その時点で、意識は遠のいて、気づくと、森の中にはいっていることすらある。彼は気配を感じている。背後に何かいる。それは目に見えた、枝木だったりする。日が当たり、空気がゆがんでいる箇所がある。けもの道もまたそうだ。それらは気配だけにとどまらない。それは体の一部であり、目印であると同時に、警告でもある。シラミが一匹いたとしても、シラミだけでは生物たりえない。そんな空間はどこにもないのだ。それを作りだす人間でさえ、カゴを獲得するためにはどこかのスーパーマーケットに潜入しなくてはならない。そのとき、葉が揺れるだけで、群れの可能性を見出すことができる。恐怖の中では。狩猟者はいまだ目的を知らない。自分が死ぬ運命にあることはしばらく忘れている。その弛緩剤もまた狩猟者の標的の一部にまぎれこんでいる。しまいには森を見ながら、自分を見出す。川の水面に映りこんでいる自分が違う生物に見えてくる。見えないものは透明なのではない。狩猟者の知覚にあまりにも近く、それを皮膚と呼んでもいいだろう。われわれは眺めている。恐怖よりも、彼がいつ殺されるかを楽しみにしている。われわれもまた敵なのだ。そのとき、群れは、敵を見失う。敵が消失する。そういう個体間の戦いではなくなる。汗と森の葉は等しく、狩猟者から分泌されているのだ。透明ではなく、不透明なもの。狩猟者は銃器を手にしている。一歩ずつ歩いている。同時に彼は侵食されている。もう足は少し崩れかかっている。

汗は溶剤になっている。音から毛が出てきた。ふさふさと毛むくじゃらのその音が、向こうから聞こえてくる。そして、消えた。水たまりに足がついた。そこは底なし沼だ。地下には無数の微生物がいる。会議をしている。侵入者は、このまま中に入るのか、外で宿営所を建てるかを考えなくてはならない。しかし、いつまでたってもそんなことをしている暇がない。まだ目的がない。何のためにきたのかすら、狩猟者は忘れてしまう。それは眠りのために必要な敵だ。ここには社会はない。狩猟者のポケットにしまってある身分証明書は、ここでは木の実を切り落とすためのナイフだとみなされる。切れ味は考慮されないのだ。いつまでも敵は出てこない。しかし、狩猟者の内部にそれは巣をつくりはじめる。われわれにも見えない。それは別の角度から見るものではないのだ。体内にできた巣は、誰のものでもない。誰も眠ることはない。勘違いして眠るのは、狩猟者の精神だ。「一休みしよう」狩猟者は自分が、そうではなかったときの言葉を出す。ここには休息などないのだ。狩猟者はこの時点で潜在的な群れになっている。一員ではない。一つの指にすぎない。ただの神経かもしれない。敵は姿を現さない。食われてしまったことにすら気づかないだろう。痛みなどもともとないのだ。群れには感覚がない。

魔術師リン・ハーとは至るところで会った。不思議なことではない。リン・ハーは至るところにいる。むしろそれは当然のことだ。リンがどこの生まれなのか聞いたことはない。彼女は間違いを犯さない。それは判断しないからだ。リンは一切、切り刻まない。人間の変形をそれとしてすべて見る。つまり、リンは集団なのだ。一人の人間ではない。リンは伝播する。初めて会ったのはサンフランシスコだった。橋の下にリンはいた。信号待ちの車に向かって、何か被りものをかざしていた。はじめは押し売りか何かだと思った。リンゴやパイナップルなど果物を組み合わせた頭飾りを被ったリンは近づいてくると、指で話しはじめた。耳が聞こえないのかもしれない。手話だと思っていたのだ。しかし、それは何か特定の言葉を表しているのではなかった。眺めていたのは車の窓越しだった。「何か一つ、何か一つ」と買うように促していた。少なくともそう見えた。しかし、リンは何も売るものを持っていない。他の乗客は誰も彼女の話を聞こうとはしなかった。もちろん言葉も出ていなければ、ダンボールに何か恵んでくれとメッセージが書かれているわけでもなかった。それはただの通りすがりの人間のはずだった。しかし、わたしの車はいつまでも発進しなかった。エンジンはかかったままだ。国道を走っていた。うしろからはクラクションも鳴っていたはずだ。しかし、聞こえなかった。怒号も飛んでいたはずだ。わたしはたちまち魅入ってしまった。リンの指先には何かが宿っていた。そこで何かが起こっていた。わたしは熟視した。身を乗り出していた。

リンはまず人差し指を振動させ、激しい波形をつくりだした。それがはじまりだ。リンはそこから生まれたことをわたしに伝えた。指の言語だ。手話は耳が聞こえる人間との境界にある扉で、一つの窓に過ぎない。それは聞こえないものを区別するものであり、もともとある共同体に、その装置に接続するための綱である。一方、リンの指はそれとはまったく異なる成り立ちをしていた。そこにいたわたしとリンは完全に一つの物質のようになっていたのだ。それは対話ではなかった。もちろん、わたしは読み取る必要もなかった。一方がいて、他者がいて、そこに言語があるのではなかった。われわれは空を見ていた。どこから？　車窓ではなかった。砂浜だった。森から出てきたリン・ハーは流木や石などそこらに散らばっていたみんなを呼びよせると、指をさした。弧を描いた。昼間だった。まわりには昼寝している漁民がいた。みな同じ場所で寝食をともにしていた。われわれは朝の仕事を終え、休憩中だった。リン・ハーの指に合わせて、星が見えた。われわれは足元に転がっている仲間を、その星に合わせて並べていった。指でつくりだした波形は、リン・ハーが眠る羊水から抜け出し、浜辺に向かい、水平線とつながった。遠くでドラム缶を叩く音がした。森の向こうから聞こえてくる。中か外か。判別はできなかった。われわれは両手をこすりながら自転車の動きをした。わたしがどこかへ行ったわけではない。われわれが自転車の動きをしたのだ。わたしはチェーンの一部になった。金属音が鳴った。さっきのドラム缶とは別のリズムで。リン・ハーの息遣いが聞こえる。われわれは星を見た。昼間だった。光は水面にあたり、見えないほど小さな無数の太陽をつくりだした。「ニャム」それが星の名前で、いつまでも変わらないものだ。北極星のようなものだ。しかし、北極星とは違っていた。彼らの言うところによると、北極星は移動しているというのだ。水面で暮らす彼らは独自の星見表を持っていた。しかし、それは抽象画にしか見えなかった。どの家の便所にも貼ってあるカレンダーみたいなもので、わたしははじめそれをただの絵だとしか認識していなかった。星は自分の位置を確認するためにあるのではない。われわれはリン・ハーの指を追いながら、口を開けようとした。

われわれはそれを実際に口にしたわけではない。それは感じるものでもなかった。絵巻物を見ていたわけではなく、星の動きがすべて空にあったのだ。ニャムは一つの空の中でいくつも成長していた。しかし、ニャムは変わらない。精神や肉体が変化したとしても、名前が変わるわけではないわれわれと同じことだ。もちろん実際のところ、われわれは名前も変化している。生まれたときに自分がいないので仮の名前をつける。しかし、それはあくまでも仮の姿なのだ。リン・ハーは仮構をつくった。五層の舞台だった。われわれはみなそれを見に来たのだ。昼間なのに。波形は水平線とつながると、船に乗った男が反対側から現れた。男は人差し指と中指をからませた。われわれは道具になったり、鳥になったりした。命令はなかった。選ぶこともなかった。思い出しただけだ。

わたしは一七三〇年に、いた。マイルス・デイビスの前にいた。いや、その男はマイルスではなかった。その前の男だ。明らかに黒人だった。このへんに黒人は暮らしていなかった。まだ港には誰もきていなかった。港では規制が厳しかったはずだ。つまり、公式の貿易ではなかった。この男は人間としてここにいたわけではなかった。

わたしはこの結社に加わりたいと申し出ていたのだ。リン・ハーはそこにもいた。女だったが、彼は黒人だった。橋の下だ。この二つの景色に共通していたのは、橋だった。それがニャムだ。ニャムは違う。変化している。しかし、同じ絵巻なのだ。車を降りたわたしは道路の真ん中に停車したままでかまわなかった。橋の下には人間はいなかった。人の巣であるとは思えない場所でリン・ハーは暮らしていた。壁も何もなかった。リン・ハーは丁寧に扉の仕草をした。わたしは壁から入った。リン・ハーはそれを見て、驚きもしなかったが、左の手のひらに右指を刺した。何もなかったのだ。われわれはそう感じた。何もなかった。実際は違う。そこにはあらゆる成分が、分子がいる。われわれは中に入ることができない。しかし、リン・ハーはそれをすべてこなごなにしたのだ。わたしはそれを暖簾のように捉えた。暖簾はレンガ壁よりも分厚かった。どれだけ重ねたとしても、何重の壁でもねずみには違いはない。彼らには断面はなかった。断面で巣を見ても、それはわれわれの知覚にすぎない。橋の下のリン・ハーの家もまた同様だった。リン・ハーは自分たちが集団であることを、ニャムのようにそれを見た複数の集団が互いに相手の中に入り込んで変形していくことを伝えた。

「お前が歩いたからだ。車で歩いたからだ」とリン・ハーは言った。彼女のかたわらには一匹のねずみ、そして、一羽の鳩がいた。あとはキツネだったのか、ミーアキャットだったのかわたしにはわからなかった。それはどうでもいい。象徴でもなんでもないのだ。それはまぎれもなく、動物で、われわれと違っていた。彼らは飼われたペットでもなんでもなかった。毎度違うものがやってきているのかもしれない。それはリン・ハーの髪の毛だったかもしれないのだ。髪の毛はそこらじゅうに落ちていた。砂の上だろうが、絨毯と同じようにわれわれは座った。会話はなかった。相変わらず指が動いていたからだ。わたしはリン・ハーの中にいて、一緒に空を見ていた。橋はコンクリート製だった。そのしみは何かの水滴だった。しかし、わたしはそれが雲に見えたり、遠くの植物だったりした。温度はいくつもあって、そのどちらを選んでも、われわれは同じ場所にいた。わたしはそこで集団に加わることを許されたのだ。儀礼は何一つなかった。儀礼は未開社会の契約ではない。わたしはペンなど持ち合わせてはいなかった。それでもかまわないとリン・ハーは言った。渡されたのはただの石ころだ。光ることもなかった。「ここに無数の雲がある。星はない」とリン・ハーは手のひらでごろごろ転がした。彼女の動きと、石は反対だった。抵抗していたわけではない。ここが社会ではないということを示していた。リン・ハーはわたしの中に侵食してきた。それはウイルスのような方法だった。わたしの中にはいると、体内の探検家を爆破させたのだ。小さな亀裂ができた。アカギレのようなものだ。外は寒くなかった。火が見えた。温度は一定に保たれていた。それからだ。われわれが不透明なものになったのは。音楽はどこにもなかった。スピーカーはあった。レコードプレイヤーもあった。レコードがなく、楽器がない。しかし、それは監視塔のような役目をしていただけだ。スピーカーからは何も聞こえない。聞こえなかった。リン・ハーは静かにしている。耳をすましても仕方がない。聞くことはつくること。わたしが書いているのは狂わないためにではない。わたしは聞いているのだ。わたしは耳を切り落とした。それは儀礼ではなかった。ただの動作だった。わたしは動作だけになった。

わたしの中に、体内があるのではなく、わたしは体内の一つだった。電車に乗っていると血管がうずく。それは電車と体内が反応しているのではなく、体内の駅に電車が到着したことを表している。われわれには血のつながりがない。種も違えば、属も違う。鼻が長いものもいれば、わたしみたいに、遠くのものなど見えないどころか、存在しないものだと扱うものもいる。しかし、それが体内だ。それは噂でつくられる集団ではない。れっきとした集団だ。われわれは増殖していた。しかし、それは領土を埋め尽くすような広がりをもたない。そうではなく、皮膚と同じような仕方だ。皮膚は増殖している。われわれはそれをすでに知っている。われわれの存在は伝染病だと町で言われた。わたしが一人で橋の上にいるとき、それはただ無視すれば事足りる存在だった。しかし、今やわれわれは伝染病となった。リン・ハーが至るところに現れるように、われわれはいつでもそこに発生した。そこには家族であるとか、パスポートの有無は関係なかった。われわれはそこでは動かなかった。空を指差していた。領海などない。森は変化を見せない加速度的な変貌をとげて、一つの武器と化す。

わたしとリン・ハーにはなんら関係がない。マイルス以前の男もそうだ。ミーアキャットも石ころもなんら共通項がない。そこに発生している集団は気づきようがない。人間はそこで起きている伝達を、伝染病だと恐れることしかできない。しかも、その場を逃げようとしない。病原菌を抹殺することをもくろむ。彼らは陳情を出す、警告する。しかし、それは破局しか迎えない。そして、祝祭のように人々の恐れは、さらなる伝達を可能にする。しかし、自然とはそのような形をとることを選ぶのだ。われわれがつくりあげた集団は、偶然起きたことではない。偶然を超えたものである。必然とは言わない。なぜなら、それは自然に反したことであるからだ。しかし、自然に反したことが反自然となるのではない。むしろ、その逆で自然に反することでしか自然は生まれないのだ。自然の創造。天地創造はフィクションだが、それでしか超えられないものがある。天変地異を恐れれば恐れるほど、地中の巨大な鯨は不気味な雄叫びをあげる。共通項がないものによる集団をつなぐもの。それが言語である。それは既存のものを組み合わせる作業とは完全に別のものだ。われわれは微生物とも語らうことができるのだ。何をもってという道具はそこにはない。道具はない。そこで見えている自然には言葉はない。同じ場所で、まったく新しい自然と会うこと。それは自然に反する結合が可能にするが、その方法は伝達されることがない。それはウイルスによって実現する。家族、国家とはまるで異なる、集団形成の可能性は、風にしたがうか、不特定多数の性的結合から発生する。それは怒りから生まれるものではなく、決して抵抗ではない。不慮の事故。望まれない出産。アンチクライスト。

わたしは質問された。しかし、誰から？　そこには誰もいない。もちろん人間はいた。そこらじゅうに。それはどこから現れたのでもない。彼らに家はないのだ。彼はその途中である。帰る場所もない人間の途中。だから、声はしても答えなくていいというわけではない。わたしはそれに抵抗することもしない。しかし、それでわたしの家を探したり、帰ろうとしたりする必要もないのだ。わたしの頭の中は真っ白ではなかった。そこにはいくつも草が生えていた。そこに名前はあるのか。名前はなかった。記憶に反していた。わたしにも記憶はあったのだ。それは失くしたわけではなかった。しかし、探す必要もないのだ。そのように決着することがない状態。それがずっと続いた。永遠に続くとは思えなかった。そうではなく、わたしが感じたあの興奮は、まだたったの三秒しか過ぎていなかった。しかし、それは「たった」三秒なのか。わたしはその間に高速で動いていた。拘束されてもいた。もがく必要はなかった。そのままでいるわけでもない。わたしはただ食事をし、生活を送るだけだ。食事をしたのか。食事をつくったわけではなかった。そこに皿があり、米粒が残っていた。誰かがつくったものだ。時間を気にすることなく、それを口に含み、水で流すと、そのままわたしは作業を継続した。

魔術師はまた思い出した。われわれには反対のことも起きた。われわれは岬の突端であった。突端は、島とは地面とは異なっていた。われわれには時間があったが、それは流れる時間ではなく、滞留する時間である。時間はどこに行くのかわからずにさまよっている。立ち往生することなく、挙動不審に漂っている。一箇所に止まっておくことができないのだ。それでいて、移動するためにつくられた道路には見向きもしない。なぜなら幹線道路には、入口があり、いくつかの小出口、終いには終点があるからだ。時間はそこには行かない。彼はあまのじゃくなのではない。攪乱させようとしているのでもない。意図がない。彼はむしろ混乱し、血迷っているのだ。恐怖を感じている。どこへ向かえばいいのかわからない、という前に、足の動かし方一つ一つを、幼い頃に学んでいなかったことを老年になってようやく感じているのだ。その点で、彼は子どもである。しかし、肉体はすべてくだけちり、ありとあらゆる経験を経た皮膚の変化は、絵画のようにしみついている。しかし、少しも身になっていない。彼は今も、ジャンクションでもしくはトランジットで、どこへ行くのかをずっと考えている。一瞬、一瞬にすべて答えを出している。彼は計画を立てるのではなく、ありとあらゆる可能性を同時にすべて感じているのだ。だからこそ、立ち往生することができない。次の一歩、という考え方がすっぽりと穴に落ちてしまって、欠落しているのだ。欠落した部分もまた、掃除機のようなものに吸い込まれ、何本かのチューブを迂回する。そして、ジャンクションへと向かった。トランジットで次の飛行機や船に乗ろうとしている乗客は、次の土地の歩き方をしながら、透明の町を歩いている。しかし、われわれにはそもそも町がない。動く町はある。しかし、それはアーキグラムが紙の上に具現化したような足で動くのではない。それはほとんど移動していない。しかし、領域がわからない、境界線を引くことを延々と決めあぐねている、時計が破壊されている、町の中心部が火事で炎上している。それは理由ではなく、一つの足場である。足はない。ここに住むものにも足はない。足は短絡的な解決である。そのまま進めば前、右や左があるという道などここにはない。足はそこで立ち往生するのか。後ろから、なおも大群が押し寄せているのに。足のない川が、流れている理由はその単純さによる。反芻がない。あきらめがない。進歩しようという意志がない。よどみがあり、腐ることもあるが、その上をあめんぼが通ったあと、また川であることを、ただ一言発するだけだ。足場はぐらぐらと揺れている。職工もくるが、それは日雇いにすぎず、毎日、入れ替わり立ち替わりで、足場を踏む音は変化する。さらに足場は高層になるに従って、しなり、設計図とはまるで違う直線などない領域に突入する。香港の竹の足場は、あれこそが町であり、それによって形作られているビルディングは、化石であり、燃料なのだ。火事はそのたびに起こる。破壊ではなく、それは蒸気を起こす運動で、電動による対話を可能にする発電所である。つまり、われわれの発電は、常に予期せぬ場所で起こる。火消しの人間たちはみな、作業員であり、バスで揺られ青ざめた労働者たちは窓の外に向かって助けを呼ぶ。あれは叫びではなく、労働のためのＢＧＭだ。トランジットの町。どこにいても変化しない場所。どこでもあらゆるものが同じように売られ、売る人間の顔も同じである。肌の色などもはや関係なく、硬貨の種類も誰も区別せず、むしろ銀の含有量を見ている窃盗団はいる。窃盗団は宗教的な規則にのっとっており、彼らには物欲がなかった。それはむしろ性欲に近く、三人がかりで行うこともあれば、一人で行うその指導者ベーラムの武器には常に硬貨が縫いこんであった。武器といっても、それは傍目から見れば、ものを撫でるものに近く、それはたとえ警察から取り調べを受けても武器と見なされないという利点があった。しかし、実際はそうではなく、彼らの目についての宗教的な意志がそこに現れていたのである。監視社会であると勘違いされているこの現実は、そこからいかに逃げるか、いかに潜むかを導こうとしているが、それは明らかな間違いである。トランジットの町ではすべてを反対に、抵抗するのではなく、ただ反対に生きるべきなのだ。不明瞭な世界では、不透明に生きる。自分が知覚していないものだけを嗜好品にするのだ。煙草を捨て、それをまた吸う。そのとき、それは誰の煙草であるか。トランジットでは人はみな、行き先を持っている。電光掲示板はそれを点と点の消滅だけで知らせる。しかし、そこには場所はなく、わたしたちは巨大な迷路にいるのと変わらないのだ。看板を見るな。手を離すな。数字で判断して、床の上の色で歩幅を変化させてはならない。ただ手を離さなければいいのだ。巨大迷路でやること。それは何も見ないことだ。盲目になることだ。もう何も見ないのだと決めるのではなく、見えないのだと口にすることだ。人は電光掲示板で自分のステータスを確認し、そこに表示される出口の一つ（それは実のところ出口ではない）へと向かう。しかし、そこには道を喚起させる、道をつくりだす光はない。光は植物を繁茂させ、虫をおびき寄せる。

分岐点にさしかかったとき、われわれが目にするのはその道が持っている空間の予感だ。予感には、植物と虫、それに引き寄せられた人間によるビルボード、飽き性によって作られた当時のエンパイヤステートビルなどが林立している。伽藍だ。伽藍。その伽藍に人の声がひしめきあっていた。そこにいた男と女。女の影。女が昔いた場所。場所でまた会う男。そこにはいくばくかの酒がいる。酒でなくてもなんでもいい。香料や原料などいらない。必要なのは酩酊すること。ここではない場所に行ければそれでいい。それでよかったのだ。分岐点はわれわれを分割する刃物ではない。それはわれわれを二倍に、巨大に、もしくは微細にする、保安検査室である。われわれは中に入る。中といっても屋根はない。列をなしているが、いつでも後戻りすることはできるし、前の人間がもたついていたら、勝手に先に進むことができる。それが人間でなかったら？　もちろん、やり方は変わらない。歯型を確認し、足の角度、筋肉の度合いをちらと横目で見ておけばいい。どうせ何もしない。自転車で鳩の群れにつっこんだときの鳩の歩き方を参照せよ。われわれのことなど端（はな）から目についていないのだ。自転車に乗っただけで戦闘能力がゼロになる人間など、馬の記憶をさかのぼる必要すらない。出口を出ると、また入口がある。つまり、これは道ですらない。しかし、いくつかの関門がある。門番がいる。しかし、何も答える必要はないのだ。むしろ、それは混乱を招く。われわれは答えすぎなのだ。分岐によって、われわれは無数の視界を手にする。それは一つのモニター管理室で一挙に見ることはできない。あれは、テレビ局がもたらしたものは、人間の臓器に対する鮮明さだ。鮮明にしようとすればするほど、われわれは分岐を忘れる。そのことに捉われていては先に進めないと判断してしまう。カットアップしたバロウズが晩年、飼い猫と親しい友人たちの回想に執着したように、日記など書こうとしたように。テレビはバロウズの過ちをまったく反芻していない。むしろ、バロウズの小説群が絵画として、見られていないことに対するバロウズなりの反乱なのかもしれない。人は金で本を買い、読んでしまう。しかし、読むとはスライダーを読む、マリナーズの打者のように目をつむって三千本素振りをしたその芯へ向けて振る必要がある。球はひきよせられる。硬球は軌道を忘れてしまうのだ。モニター室はない。つまり、球の軌道ですら、アウトやストライクなどのカウントですら、バロウズはいかようにも改変することができる。それはアクション・ペイティングが忘れた、偶然性ではない別の計算機の存在を感じさせるだろう。いますぐつくれ。つくるしかない。計算機を。資本金などあてにせず、借りたいだけ借りればいい。なぜなら、それは将来、どうせ小学生でも使うようになるのだ。心配することはない。どんどん借りることだ。職工だって、あらゆる物陰から呼び寄せればいい。招待状など書かないことだ。誰も探さないことだ。人探しのあやまちは顔写真を掲載することだ。猫だってそうだ。そのことで、消失を確固たるものとしている。消失は認めなければいい。性格など一切あてにしないことだ。われわれには体がある。それは避けられない事実だ。しかし、同時に別の事実もある。それをすぐに忘れる。われわれは忘れてしまうのだ。失踪は忘れたときに起きる。失踪は忘れたことを浮かび上がらせる。失踪者は分岐に立っていた。彼は忘れられた人だ。忘れられた猫だ。首輪をひきちぎり、そこらじゅうを埋めつくしているコンクリート塀を登らずに、爪を立てる。削り続けること。穴のスプーンのように。

プラスティック製のスプーンをもらうことができるコンビニでは毎夜、脱獄が行われる。それは双子の中国人バイトによるけしかけでもある。恋愛に成功した男は、深夜、コンビニに立ち寄る。それは二十四時間続いている電話みたいなものだ。そこにいる人間の顔は瓜二つで、そういう場所なのだと勝手に判断した男には神殿が見えていない。ここは神殿だ。作られた経緯は複雑でもなんでもない。単純なことだ。そこに必要だったからで、腹が減ったから食事をする人間とは違う回路による設計図だ。設計図はある。もちろん。それはすべての建築物に共通することだ。どんな場所でさえ、その分岐にさえ設計図はあるのだ。土地台帳に従わないものたちの設計図がある。それは次のようなものだ。ある場所がある。記憶に新しい場所だ。石工がいる。彼は仕事をしている。石工は教育では学べない。石工は創造や占いとは別の過程があるのだ。石を削り落とすことではない。石はもともと姿形を与えられているわけではない。人間の勘違いで事を進めることはできない。その設計図は、あらかじめ落ち葉の下に埋まっている。石工はだから雑木林にいるのだ。どんぐりが落ちて、その帽子をかぶったどんぐりのツヤに見とれている間。別の石工は動いている。石の下の男は、いくらでも変貌することができた。自分の姿だけでなく、食物のありかた、食物の形態まで変貌させることができるのだ。分岐はそこで起きる。男は石を食べることにした。食べるものではないと意識するよりも前に食らいついた。いくぶん妙な味はしたが、食べられないこともない。雑木林はそうやって、変貌の下で、やせ細ったふりをする。

男はずっと寝ていたのだ。起きるためには溶剤が必要になり、それを購入するために外出許可を申請しなくてはならない。石工はそうやって、外に出ていく。そして、別の石工と結合するのだ。そこに遭遇や出会いの予感はない。まったく予想しなかったわけではない。忘れていただけだ。設計図はもともとあったのだから。巨大な円筒が道端にころがっている。汚物でまみれている。われわれの汚物だ。姿を変えて、それは怪物のようになっていた。怪物は話しかける。「お前が離れてしばらくたつが、まだ、お前はこちらで、そっちはお前じゃない」横にコンビニエンスストアがある。男は、女と結びついたことで浮かれてそのまま雑木林で寝ていた。双子の中国人は「未成年には酒を売らない」と言い切り、後ろに待たせている客を呼んだ。名前で。しばらく沈黙が流れる。男は自分の昨夜の出来事について個人的な話を中国人に向けてする。祝福となると、話は変わるのだ。双子はレジ台の下から一升瓶を取り出すと、プラスティックのコップに三杯酒を注ぎ、乾杯を促した。そこでまた客がくる。煙草の注文だった。隣のレジ台に移った二人は、まるで一人で作業しているように、体の残像を一方の中国人が演じた。そこに不備にないはずだった。それはいつも通りの行動であるし、監視カメラに映ったとしても、ふたりが咎められる理由はなかった。そのすきに男はまた別の溶剤をコップの中に入れた。二人は深い眠りに入る。コンビニエンスストアの電源は落とされた。電話が切られたこととつながる。複数の石工はすでに呼び集められていた。円筒は煌々と光る、照明器具で照らされていて、男は影にしか見えない。男はそこを掘りはじめた。プラスティックのスプーンで。

地下に暮らす集団はモグラなどの地下生物たちと共謀する。電気・ガス・水道だけでなく、あらゆるインフラを男は獲得していく。分岐はそこでも起きている。男は一つの道に二つ以上の用途をもたせた。それ自体が罠になったわけである。罠は一見すると、選択の余地にしか見えない。そこにもまた足場が存在する。ゆらゆらと不安定に立っているが、風は吹いていない。地鳴りも聞こえない。男が耳にするのは、人々が行き交う音であり、しばらく立ち止まる窓だ。窓を見た人間は、その下に男がいることを知らない。男はしめった道の行き止まりでも、まだ忙しく動き回っていた。止まることを知らない。不眠症でもあった。疲れて眠ることもない。ただ彼は掘るのである。意味もなく、訳もなく。他の生物たちは呆れていた。気づくと、神殿は入口もなく立ち上がっていた。男は今も中にいる。そして、忙しく歩き回っているだろう。

決して走ることはなかった。彼にとって、それは滞留している空気のようだった。酸素が必要なわけでもない。呼吸をしていたが、それは肺活動によるものではなくなっていた。眠っているように瞼は半分ほどしか動いておらず、瞳孔はまつ毛のように細く縦に伸びていた。神殿の内側は、市場でひしめきあっており、人の声がひそひそと聞こえている。しかし、昼休みではなかった。白い布を着た物体は、ある通りを端から端まで、歩いては引き返している。上は歩行者天国だというのに、ここには音楽一つ鳴ることはなかった。道はどこまでも掘削され続け、しかし、限界はなかった。敷地という考え方もなく、地面は掘っても掘っても、それは土の運動にすぎなかった。土の粒子は、男の行動を一旦受け入れ、そして、また本来の集団に戻った。協働と言っても、同じ目的を果たすのではない。おのおのまったく別の動きをするのでもなく、行動は制限されずに少しずつ開かれていくのだ。道はついにわれわれに到達した。それは道のりの終着点を意味しない。地面はなく、土はどこにも行けなくなっていた。そこで地上に出るのか。地上はなくなっていた。男とわれわれが出会った場所は遠く離れたところにある。岬とは地面を失った場所のことを指した。そこには海があった。海はどこまでも広がっているわけではない。男が見ない空間のことを指していた。そこには無数の水滴があった。しかし、男は溺れもしないのだ。溺れることのない人間。彼には船すら海に見えていただろう。風を読む漁師のことは前々から聞いていた。そういう人間がいることを知っていた。彼は風が吹かない場所でずっとそのことを考えていたのだ。だから、われわれと出会ったとき、彼は何も聞いてこなかった。それがまず条件である。男は掘削する道具をわれわれに見せた。もちろん、それはすべて波に飲まれてしまった。消えたわけではないことを説明する手間は省けた。水は岸に当たり、しばらく逡巡する。どちらが自分の状態なのか。状態のことを伝えるためには、次の動作が必要となる。しかし、すでに時間は滞留しているのだ。時間はあたかも、さっきまでは季節と併走していたと言わんばかりに平然としている。しかし、それは武器でもあり、男はさっと身構えた。体の反応だけはまだ残っていたのだ。われわれは男の処置について考えた。会議をしたわけではない。ここには対話はなく、個人的意見はやはりすぐに波に飲み込まれてしまう。だからこそ、男はここまでやってきた。町行く人々はまだそのことに気づいていない。穴はそこに開いたままだ。放置されていた。誰か一人か二人は落ちて死んでしまったかもしれない。そんなに深い穴ではなかったが、なすすべがなかった。工事はもうすでに終わった。神殿ならある。人はいない。しかし、人がすべてではなく、神殿には設備が十分に備わっていた。電源もあった。灯りをつけることもできた。波は水滴となり、岸に当たると、数滴は上陸した。岩に滲み込めばなんとかなる。それでも虫が城壁となっていた。誰も恐れていなかったし、そもそもそこに争いが起きる原因はなかった。しかし、いつも戦争の予感がある。布袋に入れられる砂や、雨の包囲網は、常に危険を表していた。男はそれでもかまわないといった顔をした。なんでも変化すればいいというのではない。変化ではなく、そのように配置すること。われわれの部分ではなく、人員を確保するのではなく、その状態を、そのまま配置すること。それが岬である。われわれは地面でもなければ、岩岸でもなく、波でもなければ、海でもない。カモメが飛んでいようが、われわれの上に糞が落ちることはない。しかし、である。男はそれを知っており、それは不可解なことだった。男には歴史がない。男にはこれといった理由もない。男はただ掘っただけであり、もともと地面もなければ、掘ったあとの土はそれぞれ動き回り、また元の地層に戻っていった。男は魔術師だったのかもしれない。われわれの配置を読み取ると、自分の位置も決め、方角を指し示した。磁石などとうの昔に破壊され、身動き取れなくなっていたはずなのにである。つまり、われわれが船に変貌したかもしれず、そこは港ですらなかった。船底は割れ、浸水をはじめていた。脱走するものもいない。そもそも生命を守るために、われわれは存在しているのではなかった。口の中に水が入っていくものもいたが、それは飲み水と変わらぬ状態であり、栄養だった。栄養はわれわれの状態を変え、配置も置きかわることになった。男は指導者となり、しかし、姿は消していた。姿は消しても指令はたびたび麓のテントに届いた。そこに生えているのは高山植物だった。われわれは幾度か山を越えてきていた。われわれの頭に乗せた船は、大量の人員を投入し、どうにか運び込まれたものだった。

名前をもたぬ地下生物であった男と、われわれが同盟を結んだことから、われわれは浸水する水、湧き水、地下水、そこに広がるあらゆる生物と結びついた。それはマグネシウムや、カリウムなど意識をもたぬものも含まれていた。それらも人間である、と男は言った。男は自分のことを指導者だと思っていた。実際にはそうではなく、もう没落していたのだが、それによって、彼は裏山に逃げ込むような真似はしなかった。そうではなく、動く町、存在しないはずの町に侵入したのだ。しかも、彼は門番をくぐりぬけて中に入ったのではない。騙したりはしていないのだ。彼は呼ばれた。招聘されたのだ。海を隔てた向こう側では諜報員と思われていた男は、あらゆる物質についての歴史ではなく、それに含有する時間を、成分のように取り分けることができた。それは医術と呼ばれるものである。彼は医術に長けていた。資格などない。医術は資格によってではなく、解剖によって培われる技術でもない。それは人間の階級から落ちこぼれることからはじまる。彼は刃物を持っていたが、それもまた不審がられることはなかった。名前をもたぬからと非難されることもない。名乗ればいいのだ。人間は名付けられることに執着する。しかし、それはあらゆる生物や植物、鉱物に至るまで見ても、稀有なことで、むしろ馬鹿げたことと言ってよい。名付けられた人間は、死ぬまで他人の生を生きる。それは一つの規則と思われているが、方法にすぎない。名付けられた人間は、そこで自分の皮膚外のものを一掃してしまう。八百年前に見た景色もまたその人なのである。それをいかに名付けられることができるだろうか。見えもしないのに。つまり、見えないという事実は、その人ではなく、環境そのものである。しかし、人は見ている。それは網膜に映らなくとも、見ているのだ。名付けるという行為は、そのことへの恐れから来ているのだろうか。それを知っていると言えるのだろうか。ただの慣習ではないことは確かだが、たとえ飼い犬といえども名付けることはできない。名付けられた犬は、そのことで餌をもらえるから記憶しているのか。そうではない。それは事実という空間を受け入れているだけであり、その空間がもしもなくなったらそこには殺戮しかないのだ。犬は食らう。その牙で。しかし、人間にはもはやその牙も見えなくなっている。これは鎧を手にしたから油断しているわけではない。鎧などとうの昔に脱ぎ去っている。名付けるという行為自体による鎧なのだ。その鎧はもろい。もろいが、それに対応する武器がなく、火炎放射器を持っている兵士であっても彼は名付けられているのだ。それがたとえ036やAなどの記号であっても同じことである。意味をもつ名前は記号となんら変わりない。男はそのことに気づいていた。医術によって。医術は、一つの脱走である。それはわれわれの体からぬけだす一つの縄なのだ。その縄をするするとのぼるかおりるか重力に従うかどうか。男はまるで違う方法を見つけた。つまり、周囲から諜報していると通報されるものは、いくつもの方法を持っている。それは時間通りに動くことや、好き嫌いがあるとは違う方法だ。舶来品は常に、名付けられていない。だからこそ魅了されるので、それが奇異であるとか、有用であるとかは問題ではないのだ。医術はそれを完全に攻略する。器具との同盟。器具との癒着。器具との契約。男の手は五本指では飽き足らなくなり、六本、七本、八本と日を追うごとに増えていった。元はある領主の専属医だった。しかし、それは定かではない。文献自体が領主のご機嫌をうかがうためのもので、三百六十五個の脈枢は、一年に相当し、そのうちの九つの中枢神経は、国家が発生したときにつくる州の数にすぎない。人体と国家は常にこのような関係があり、実際はまるで違うものの、しかし人間はそのように生きてしまっているのである。男はそれとは別に屠殺する集団に忍び込んでいた。そこで露わになった内臓や神経系統を一つむき出しにしては、彼はその部位の働きではなく、部位と部位との関係に着目した。実際、胃がなくなったところで、人間の生命にはなんら関係なく、胃のない人間として新しく組織されるだけだ。門番はそのことを知らない。書類を提出すればそれで事足りた。筆跡。足跡。あらゆる形跡には、いくつもの分岐がある。分岐を無視すれば、それは管理するための道具となり、分岐に注視すれば、それは拡張する皮膚となる。男の部屋からは、匂いこそ抑えられていたが、拡張する皮膚はとどまることを知らなかった。飛び出た臓器は、完全に襞の一つ一つまで広げられていたために、干からびた植物と見間違われた。乾燥茸をお香がわりに焚くことで、多くの若者が楽園に足を踏み入れたと感じたと言った。男は抑制をしない。眠りについた若者の耳元で自分の作業の全行程を音のみで知らせた。間違いはいろいろなところで起きた。しかし、それは目に見える建造物の破壊にはつながらなかった。もう一つの破壊。思考の破壊ですらなかった。時間の破壊。彼らはそれによって男と結託したのである。われわれは？　彼はわれわれと会った。男は岬だった。土の先端でも、岩の切れ端でもなく、男にわれわれは侵食した。男はいくつもの通路に分かれていた。われわれは分岐に立つと、道を選ぶ前に片っ端から崩壊した。後ろから波が来ていた。甲板は次第にネジがゆるみ、板はしばらくすると、跡形もなく消えてしまった。流木と見分けがつかなくなった。それを使って、また仮の宿をつくりあげるわけにはいかなかった。町は見えなくなった。灯りはついていた。通路の灯りではない。男はもうすでに目を失っていたし、灯りのことなど忘れていた。線はいくつも壁沿いを伝っていた。われわれはそれを修理する必要があるのだろうか。しかし、線もまた波を被っていた。水は線と岩壁の間をすり抜ける。男はその動きをどこで見たのだろう。戻っていくものもいた。波が懐かしく感じられた。岩から草が生えていた。草はあらゆるところに顔を出す。われわれの一部もそこにいた。勢いを増す波は岩を崩し、水中に沈ませた。岩は長年の波とのやりとりのおかげで、印をつくっていた。遡ることはできなかった。

それはすべて岩で、まだ幼かった空を見ていたものもまた、今の傷跡に住み着いている。われわれは線の中にすら入った。電子の流れになった。そこは右も左もなかった。町もない。しかし、芝生があり、空は黒かったが、夜ではなかった。夜ではない。おそらく生き物だって、そこに無数にいただろう。叫び声一つ聞こえなかったが、静かな息が風のふりをしている。分岐は人体のように変形し、それはまわりの大気とは別物の輪郭線を持っていた。われわれは懐かしくなった。それは集会のようなもので、われわれはしばらく行っていなかった。男はこちらにこいとは言わない。言葉も通じないような顔をしている。顔は融解した金属のように広がり、穴という穴からぽたぽたと落ちていった。条線が見えた。しかし、外の岩壁に見えているものとは違う。それは人為的なものに見えた。これは命令なのか。しばらく考えこむものがいた。木片からは意識が漏れていた。髪の毛のような意識だ。髪の毛は濡れて、水面を漂っている。波はいつのまにか通路に水たまりをつくっていたのだ。いくつかの髪の毛は神経とつながり、空とはまったく別の球体をつくりだした。それは渡るものではない。移動にはまったく使えない代物だ。ほとんど子どもの落書きにしか見えないその毛の導線は、周囲から伸びていたものと合体し、通路の屋根のように覆った。それもまた通路だ。電子になったわれわれはそこを行き交った。市場もあれば、神殿もあった。そういう場所を高速で進んでいたはずだが、窓からの眺めは一定していた。流れはときに遅延をうながした。誰が命令したわけでもない。逡巡するものがいたわけでもない。動きが速すぎて、止まっているように見えたタイヤと同じだ。タイヤ痕は、どこまでも伸びていた。われわれは到達したことのない場所に出た。見るものもない。聞くものもない。しかし、それらはあくまでもわれわれがこれまで知覚していた感覚で、単なる行為にすぎない。音が新しく聞こえてきた。それは木片が遠く隔たっている森と交信するときの電報だった。男は電報員でもあったのだ。男の姿は突然、毛むくじゃらになったかと思うと、すぐに風船が割れたように粉塵になった。ありかを示しているのではなかった。ここには移動は存在しなかった。ただそこにある。その森は点で、魚の一匹がその点であることも見て取れた。しかし、われわれがいる岬はあいかわらず動いている。巨大な漁船のように黒塗りのまま動いていた。われわれはレーダーを使っていた。魚の群れ、雲の集積、風の移動を事細かに観測していた。むしろ、彼らの動きをプログラムしようとしていた。男は悪魔だったのかもしれない。男はただ町に住み着いているだけでなく、多くの人に知られていた。慕われていた。薬屋を営んでいた。医術によって。交差点にむらがる人間はすぐに偽の薬をつくりだした。包装紙も同じような仕様にした。しかし、誰も天気一つ当てることができない。男は占い師ではないのだ。まじないは科学である。しかし、本来、重要なのは実験を行うことで、それは未完成でなければならない。未完成なものだけが、薬になるのであって、科学によって証明された医薬品はすべて医術とはかけはなれた星占いにすぎないのだ。

われわれは今、海ではなくなった。回路を持ち、その先を見ようとした。しかし、瞬時に回路の先の樹木の匂いは消え去る。そのためわれわれはほとんど休息をとっていた。岬では、至るところを動き回ることができた。それを許されていた。特権があったわけではないが、その位置を通過することができた。それはわれわれが持っている技術というよりも、歌をうたったり、岸辺の様子を描写することのおかげだ。それは教わることができないもので、もともと備わった才能というわけでもない。だからいまこうしてわれわれは休息をしている。それでもどうせ見えないのだ。皮膚はなく、不正確だからだ。呼び鈴などなくても、いつでもそこにいる。ときにはわれわれが立つ場所が集合場所となることもあった。男は変則的な動きをした。止まっているようにしか見えなかった。それを動きと感じたのは、われわれが動揺していたからか。自分たちの振動すら、男の突拍子もない行動だと勘違いしてしまうのだ。記憶も断片しか残っていない。感情もつながっていない。来た道すらわからなくなっていた。

岬はでこぼこしている。常時、波に侵されている。虫にも風にも。時間にも。しかし、岬はただそこに突っ立っている。椅子の上で延々と長い旅をしている。彼の頭の中はどうなっているのだろうか。彼はただスーツを着ている。しかし、岬なのだ。これは矛盾している。岬は多様体であり、彼は門番の目を盗んで入り込んだ偽医者だ。彼には目的がない。感情はあっても、発露するためだけで、誰に対してでもない。身分証明書を提示する前に、彼は薬をつくる。掟よりも先に、通路を持っている。その通路は誰にも理解できない。それは通路ではないからだ。それはつながるための機能を持っていない。それはむしろ、彼のためだけのチューブであり、そこには様々な栄養分が入り込んでくる。不透明な液体。ときには血液。しかし、誰のものか、どこでつくったのか、果たして人間の血液なのか。ラベルがなければ、われわれには理解することができない。しかし、それでも、いや、それでもって男は中に入る。それで男は家を借りた。家族を形成した。もちろん、それは偽のもので劇団員と暮らすようなものだ。岬はそこにある。海など知らない町の中に。潮風が吹いた。ここは魚市場である。男はただの例外的な人間ではない。わたしは反論を受ける。「あなたの描くドゥルーズは現実のものではない」わたしはこう答える。「そうかもしれないが、わたしがドゥルーズになったことは現実なのだ」と。男は町に申請し、一人の人間となった。税金も払った。しかし、男はただひたすら岬であり続けた。それでしかない。これは何か深い意味が含まれているわけでもない。ただの事実なのだ。この男は誰とも話さない。しかし、拒絶もしない。誰とももめない。誰とも意気投合しない。しかし、毎年税金を払い、国家のやることとなすことに文句も言わない。しかし、彼は岬として、毎秒、侵食され続けた。痛みもない。その先に光も見えていない。むしろ、光で溢れ、彼は盲目となっている。前が見えない。前があるのはわかる。しかし、まっすぐ進むことができない。それでも進むという意気込みもない。何もない。男は薬だけをつくっている。しかし、それもほとんど中を見ることはできないのである。秘密ということになっている。書類にも残さない。それは伝承すべき文化ですらない。それはただつくり、その場で消えていくものだ。しかし、それを摂取する人間がいる。われわれはそのような人間の中に各自入っていくように設定されていた。男は人間であるといいながら、実は椅子の上で起きたことだった。誰かの話の中で出てきたけむりのような人間。人間ではなく、夕暮れや、雨音などの出来事。常に変化するのではなく、常に、いる。そこにいる。誰もいないのにいる。声も聞こえないのに、いる。死んだはずなのに、いる。噂にすらなっていない。それなのに、なぜまだいるのか。崩れたり、音でも立てればすぐにわかりそうなものだ。しかし、ぶつかるのだ。音もせずぶつかる。それが壁なのか、要塞なのか、船なのか、巨岩なのか、わからない。われわれだって、このぶつかりが、なんなのかわかっていないのだ。線の中に入り込んではいるものの、配線がどうなっているのか、電源はどこからきているのか。それ以前に、これは一体、何をつないでいるものなのか。われわれは実際に侵入することができたのか。侵入したかったのか。向こう側には何もないかもしれない。しかし、仕方がない。そこには見えない境界があった。ぶつかるだけで、何の断りもない。警告もない。体を静かに動かせば、次のときには楽々侵入することができる。防御しているわけじゃない。姿を現さないだけだ。コップを投影すると、影が見えた。誰かが聞く。「お前は誰だ」いや、それには答えなくていい。「お前は誰だ」うるさく聞いてくる。「お前は誰だ」知らない。いや、答えられないのだ。「水だ」「水ってなんだ」そう返されるに決まってる。常に。それが見えないほうからの声で、それはわれわれをまどわしているのでもなんでもない。なぜなら、影は水など見たことがないからだ。たとえ、それが自分自身であっても。「お前は水だ」さらに言うと、影は混乱した。混乱することの意味も変わってくる。彼らの混乱はわれわれに見えないからだ。男はその影とわれわれの間にいる。そこからずっと見ている。椅子に座っている。彼は岬として常時脅かされていたが、実のところ、彼はじっとわれわれを見ていたのだ。混乱した影は動揺し、机の上を動こうとした。動けるはずがない。コップはわれわれが持っていた。しかし、影は動けない理由を自らにあると言った。水と知ったために。影は自殺を試みる。しかし、どうやって？　影は自らをなくすために、夜まで待った。暗闇になれば消滅する。だが電灯がある。男が地上から引き込んで来たコンセントは、岩を崩して至るところに張り巡らされていた。いくつかはブレーカーが落ちていた。それは地上との連携によるものだ。何もすべてを明るくする必要はない。しかし、男はすべて、と言った。足を組んでいた。休憩も長くなった。われわれは自分たちが持っている腕が少しずつ垂れ下がってきているのを感じた。影は動いた。五時間もたってようやく。

電灯はコップを真上から照らした。影はまた釘付けになり、死ぬことができないことを知った。「お前は水だ。お前はコップに入った水だ」それは呪文のように聞こえたが、影には聞こえていない。影にとっての音は、われわれの音とはずいぶん形がちがっていた。影とわれわれは近い。どちらも次元を一つ減らすか、増やすかするだけのことで、もっと別の場所のボールはころころと転がっている。つまり、われわれは影ではなく、影と協働して、男を探す必要があった。男はもうとっくに海へと向かっていた。仕事を終えないことには、次の作業に向かうことができない。罰則があるわけではない。それで生活に困るわけではない。それは重力に近く、無重力にも近い。つまり、ないと思えば突き抜けられるもの。しかし、そのためには見たことのない男が必要なのだ。われわれはもうすでに元の姿がどのようなものだったのかをすっかり見失っている。なぜ突然、複数になったのか、おれはどこにいったのか、わたしは誰なのか、見失っている。しかし、立ち戻るか、立ち往生するか、逃げ回るか、男を探すか。電灯の明かりが眩しい。群れについて考えるより先に集団を形成したわれわれは、姿を消してしまった男がそこにいないことに気づいた。マヌレ族はこのような場合、それぞれに違った踊りをはじめる。誰かが停止したあと、嘔吐する。それは事前に何か口に含んでいたわけではない。「川辺で、聞いた、聞いた、見た。木の棒もってこい。まるかいてちょん」群れからはぐれた人間は、指が一本多いか、少ないかの特徴がある。突然、音楽が止まると、日常生活へ戻らずに、より早い踊りを披露するようになる。このときが来ることは誰も知らない。人目を盗んで新しい踊りを覚えるのは禁止されていた。そのため、同じ踊りの速度を変換させるしか方法がないのだ。変則的な指を持った人間は穴を掘り、その中でじっと彼らが移動してくるのを待つ。途中で窒息する人間もいる。村と村のあいだで猛獣に食われてしまうものもいる。しかし、中には逆に素手で食ってしまうものもいる。彼らに破局寸前の共同体を回復しようなどという目論見はまったくない。ただ穴の中でじっと通り過ぎるのを見ているのだ。ここで見た景色は、その後水面上に現れる。その時点で共同体は死ぬ。死んでまた別の共同体が生まれるが、しかし、規則自体はなんら変わらない。それを進化と呼ぶものもいるかもしれない。しかし、そのはぐれた外部の人間は、結局、自分が人間であることを共同体の新しい首長に知らせることなく、穴から這い出たあとはまた密林の中に隠れていく。水面上に起きた、奇妙なヒト型の模様は恐ろしいものとして忌避される。踊りの技術はそこで一つ滅びる。しかし、それによって秘密は高められ、その中にいる無謀な若者によって、新しい場所の開拓がはじまるのだ。ついてくる者などいない。常に彼らが持つ神話はこういった、はぐれた人間たちのまったく意味をなさない（共同体にとってはということだ）行動を後ろから眺めている。帰って来たものなどいない。

隠れた生。漁船は隠れた生をおびき寄せる。人頭が波の上に浮かんでいる。首は長く、足元は海溝にまで届く。折れた背骨のようなマストにしがみついたその生は、人目をしのぶ盗掘人だ。しかし、救助をしてしまう。彼は三角錐の蟻の巣に入り込んだ、蟻ではないものだ。戯言をいっている。「わるり、りりる、るぴぬるめ、めざしたらんかんかんじるめ」声は聞こえない。いや、嵐がつくりだしていた。それは口から登場した奇妙な漂流者だ。そこにいたわけではない。田んぼや路肩に忍び込んでいる。旧石器時代の住居です！　と書かれた看板の向こうに立つ、住居は果たして何時代なのか。穴ぐらに入り込んだとしても、声は一切聞こえてない。そこにカエルがいたと宮沢賢治は言ったが、彼は上京した三ヶ月間だけ作家になったのだ。童話はすべて一回きりである。話が終われば、変身が済めば、それで終わるのだ。物語が終了する前に、ろうそくの火が部屋の中でなぜか消えるようにして、終わりを迎える。その都度、話は投げ捨てられる。メルヴィルは『白鯨』の前身である『マーディ』において、何度か日本人を救出しながら、話の生死について副船長に語らせている。「いったい、なんだってんだ。こいつらはもうすぐおれらと同じ飯を食い、同じ灯りのもと、何一つもらっちゃいけない幻影ばっかりくっつけやがって。そりゃ島は見えるさ。いつか、でもさっきから暗雲はずっとこっちを見てるし、そもそもそこに女はいるのかって。おれは見たよ。夢とは言わせない。夢なんかさっきから見てるが、どれもラジオみたいなもんで、この海がラジオだと思えば、おれはツマミなのか。さっきからツマミをいじってるやつは誰だ。食堂のやつらだな。お前らはそんなおれの前でがっつきやがって。何を食ってるのかくらい教えたらどうだ。何度も何度も波から顔を出しやがって。しかも、毎回、違う人間ときた。もうかんべんだ。お前らの言葉は、記録になんか残さないし、漂流されちまえばいい。いったい、さっきから話してるお前のその口の中の女は、どこからきたんだ。そうさ、おれはまだお前がここにいることすら、わかんねえんだ。島ってのは、歯みたいなもんなのかい?」宮沢賢治が残した漂流譚と、ここで書かれたことは一致する。もちろん書かれた時代は違う。しかし、ランドルフ・カーターはあらゆる時代に存在した。庭園設計士だった宮沢賢治だって、そのための時計台をつくっていた。時計台に見えて、あれは展望台だった。どこにも望遠鏡はない。確かに。しかし、望遠鏡は何も星を見るために、新しい惑星を発見するために、角度を調整するために、そこから己の運命を導き出すためにあるのではないのだ。到着した島は、島とは似つかぬもので、船長はそれを鯨だと勘違いした。鯨の中に入った話などいくつもある。それは特に変わったものでもなければ、われわれが恐れるものでもない。彼の足はもうなく、そのためか投げやりだと判断された。何人かの奴隷が送り込まれたが、奴隷はもうすでに狂喜乱舞だった。そこで起きたことといえば、奴隷の歓待だ。彼らには思考回路が逆転する種をまく習性があり、ただそこで時間がすぎればいいと思っていたのである。その記述は至るところで見られた。一八八三年の少年、一九二八年の男、親譲りの土地でありながら、独自の計測をはじめたシジャーン王は、彼の、学問に匹敵するような観測機器を路地裏の楽器職人たちと一緒につくりあげた。それはあまりにも微細で、目には見えない。しかし、どよめく群衆だっていた。その頃には、まだ見えた見えないが判断の基準というよりも、何か心を動かすものがあったかそうでないかが尊重されていた。両端にくぼみのある取っ手は小指を差し込むための穴で、穴ははっきり言って広大だった。王は思いやりの情もなければ、人間にはまるで見えなかった。チンパンジーがいる。ベーコンがキャンバスの上に描いたチンパンジーのいくつかはその文献、安い雑誌記事に掲載された王のブロマイド写真がもとになっている。いつかの調査団が入り、何日もそこで過ごし、切り取られた雑誌記事を集めた小冊子などを収集した。作業は何日にもわたって行われ、夜になっても終わらず、離れ難く、みな宿泊することにしたのだ。しかし、夜は、いつもより長く。そして、ゆっくりと流れていた。夜ではない、と言いだしたものもいた。「夜は夜だ。しかし、それがどこの夜なのかが問題なのだ」日本近代詩はいくつかのあやまちを犯しているが、それよりも見るべきは、その中に何匹かの動物が紛れ込んでいたことだ。恐竜がすべて飛んでいたなどと、見てきたように言う詩人は、決して詩人ではなく、博物学者でもない。彼は鳥であり、ただ先祖返りをしているだけだ。もっとも頭蓋骨にはさまざまな形跡が残っている。脳の位置を見れば、それだけで人間ではないものの視界の高さ、角度が判明するのだ。シジャーン王は、政治家であるだけでなく、このように立法、数学、科学などに長けていた。それを統合するものとして建築に目を向けた。しかし、役に立ってはならぬという法則を導きだし、彼はほとんど国民と同じような目線で、笑顔で朝の市場にくりだすのだ。市場で買い物をするときも彼は小銭を使った。そのために小銭だけを大量につくりだす工場、それはのちの機械化する産業のもとになるほどの巨大なもの。そこで働くものはそのまま自分でつくりあげた小銭を持って帰ることができた。小銭運動。市場には大きな買い物をするものは誰もおらず、バナナも一本ずつバラ売りしていた。どんなものでもバラ売りするのである。話はすぐに捨て去る。使い捨て文化もそこにあった。飲んだ食べた食器はすべてその場で投げ捨てられ、破片は土器の陶片として、そのまま観測された。そこで起きていたことは博物館に展示されているものとは大きな違いがある。どんなに夜が更けていても博物館の物質は動きはしないし、異変は警備員たちの千夜一夜にすぎない。しかし、彼らは常に首にかけられている。絞首台は、三階の吹き抜け部分にあった。首都が遷都されたのがまさに一七三〇年、いくつかの場所では境界がざわついていたときである。橋の下でもそうだ。シジャーン王は、まず人工の湖をつくりだした。そして、城も。城は二百年以上も建設が続いた。カフカは城を霧の町として描こうとしているのではない。あれは寓話ではないのだ。あれはただの事実である。彼の空想ではない。「多くの人は文字でかたどられた世界、いや、樹木の一本、草の一つ、鼻毛に至るまで、〈言った〉という言葉にかぎっても、虚構だとみなす。作り話だという。しかし、それは事実であり、書いたものが死んだとしても建設はまだ続いているのである。湖はたとえ人工であろうと、魚がそこにいるかぎり、地面のさらに深くの深海魚はまだ人間を見ていない。見ていないのであれば、われわれは存在しない。つまり城が作り話である前に、われわれがつくりものなのだ。われわれはまだ到来していない。胚になってもいないのだ」シジャーン王はそう言った。いくつもの図面をつくりだしていた職人たちは早朝から日が暮れても、真っ暗闇の中で仕事に勤しんでいた。王は彼らの前に立つと、「プランはない。そこには」と叫び、そのまま数日間、姿を現さなかった。ゴダールが、いまだに一万ドルの制作費でつくらざるをえないのはそのためだ。星は見るものではない、星に見られているのでもない。今日もまた違うこと。それなのにふと空を見上げようとすること。同じ空だと言ってみたくなること。それがどんなに排気ガスで腐っていたとしても、違っているはずがない。王の心は。王はどこにでもいる。王は奴隷をつくりだす工場ではない。王はそこにはいない。あらかじめ文章で、メモで、地面の上につくりだした神殿の中で、人は天文台をつくりだすのではない。「これをもとにして何かを想像してみますから」そうとしか言えない。物語はなぜ途中で何かが起きるのだ。結末があったりするのだ。そうではない。土台を打ち込むこともしない。指を立てて、王は自ら設計を無視して、建設をはじめた。職工は町の要素ではなく、己の中にあり、城壁は八メートル以上の高さをもっていた。彼らの方角の観念は、次第に自由を取り戻し、磁石はすべて集められ、溶かされると天文台の一つ〈馬の天秤〉の上に静かに置かれた。要約などない。王は、先月退いたばかりの先代を前にして、宙空で指をかきまわしはじめた。指先は光っていた、と城壁にはいまでもスプレー缶で書かれている。どんなに掘り下げたとしても、われわれの意識が魚でなければ、いつまでも水など出てこない、と最澄は言った。彼は何よりも能書家であった。宙空の文字は、楽譜であると勘違いされていることもあり、一時は祝祭がはじまるのではないかと市場の顔ぶれたちは噂した。声は伝染する。文字を打ち込むのとは別の飛行艇は、先代の前でぐるりと旋回した。ここにすでに書いたものを、それとは別のやり方でどう語ればいいのかわからない。パンフレットやあらすじ、設計図などは常に制約があり、文字数や分数が設定されており、それを超えることができない。しかし、いまは指がある。指は羽を持っている。羽毛が落ちた。先代は横たわっている寝台から体を起こした。市場の顔ぶれの動きがぴたりと止まった。トマト売りの老婆は、一人念仏を唱えだした。まだ建っていないのにである。しかし、尖塔からは垂れ幕が、彼らには国旗などない。壁にトーテムを描いてどうする？　体に墨を入れるのか？　王は何もしなかった。何もいらない。王は一種の拒食症であった。木の実すら口にしなかった。魚は食べているのではない。口は水と完全に合一し、それは二つで一つの器官となる。まだ遅くはない。老婆は次第に、顔ぶれにも理解できる言葉に変化していった。耳が動いた。複数の耳が市場の道を堂々と歩き出した。

職工の発見。職工は考える。今や設計図もない。横にいるのは王だ。王は横で踊りをおどっているようにしか見えない。しかし、踊るも何も彼はそこにいない。彼は王室で、卵を食べている。飼っている鶏のものではない。鳥人はそうではない。彼は市場にすらいない。彼はどこにもいない。顔を見せることがない。彼はかかしである。彼は食われることだってある。巨大鳥に。しかし、それが彼の名誉でなくてなんなのだろう。彼は巨大鳥とともにいる。生きているとは口にしない。呼吸はもうすでに忘れていた。気配を消すためではない。何かのために、という目的論ではないのだ。彼は何もいらない。報酬でさえ。ゴダールの映画にはこの巨大鳥を捕獲する鳥人の影がちらりちらりと見える。修正することはない。編集はすでに終えたはずだ。彼は編集の支払いを減らすために、一人の女性といる。税金を払わないためにではなく、湖のそばにいる。鳥人は言う「あらゆるものが材料に見えた」。これはしばらく考察する必要がある。市場は顔ぶれの世界だ。そこには人の足並み、足音、靴、くるぶしなど足の触手が伸びている。しかし、人が見るのはあくまでも顔なのだ。小動物はそれを確認している。知っているのではなく、それはそれぞれの頭蓋骨の中で知覚していることなのだ。CTスキャンはもはや最新機器でもないが、それはむしろ歴史の前からあった。技術からではなく、そのような外部者たちによって。鳥人がつくったのではない。それは伝染するもので、どこからきたのか言うことはできないが、笑ってすませろというべきものである。なぜなら去来は問題ではないのだ。それは一つの定測であり、メートル法と変わらない。それはまだ生まれていなかった。まだ、とは今もまだということである。存在していないものはすべて技術ではないものから生まれている。それは事実だ。鳥人は両手を広げた。空気を吸っているのではない。あれは計測しているのだ。何を。それは当人しかわからない。しかし、重要なことは当人が把握しているということである。それを言葉で言い当てるのか。それはもうできあがったものを説明するしかない。それは同時に立ち上がってくるもので、その建造物を測定することとは違うのだ。測るということ。それはそれぞれ各自の触手を撫でることである。撫でる。撫でろ。触手はそう言い、われわれはそれに従うことはない。われわれもまたそれを撫でたいときに撫でる。修正はない。時間はいくらでも編集することができる。それを人に見せないと決めさえすれば。鳥人は、卵を食べた。王よりも先に。しかし、それはまるで違う別物で、何もそれがうまかったから贈呈するわけではないのだ。常に、何かのために、から剝離している。鳥人の目からも、景色はずいぶん剝離していた。茂みの奥にいる。それは鳥なのか。足はある。羽毛も見えた。石の中に羽毛が隠れていた。鉱物を発見することもできた。水のありかも。山の中の人間がそのようにして生き延びたのは何も偶然ではない。それらは関連しあっていない。むしろ、その逆でまるで違う場所が一挙に集まっているのである。鳥人は鳥の目を持っている。鳥を食べることはできない。鳥の目は解体することができない。しかし、彼はいくつも眼球を手に持っていた。それが計測機械だ。それを片手に持つと、彼は茂みの奥から、まだ現れもしない鳥を見る。石の中に、だ。巨大鳥はそこに降り立つ、雲のかげから静かに羽毛と同じ重力で。重力が変貌している。鳥人はそのまま地面に食いさがる。手を使っても無駄だ。そういう小手先は通用しない。二歳の頃、刃物で指を切り落としていた。しかし、それが能力というものである。われわれは三歳にでもなれば、信号を無視しはじめる。右を見て、左を見て、また右を見ればいい。しかし、もう一度、左を見るということはないのか。鳥人は何度でも見る。右や左とは違う。彼は明らかに時間が静止していることに気づいているだろう。自分の手ではこうはいかない。時間は自ら止めることができない。巨大鳥が、巨大鳥の羽毛が、それをおびきよせるのだ。そのとき、鳥人は足の爪先のミミズと同居している。穴がいくらあっても足りない。道はそこにはなかった。彼が確認したのは、王の姿だ。卵を思い浮かべている。空腹でもないのに。腹が減るから食べるのではない。食べるという行為はそれよりももっと先、右や左に位置している。鳥人はそのとき、自分の前に高台が立っていることを確認した。城砦だ。それは見えなかった。なぜならその眼下には、石でつくりあげた城砦が密林の中を流れる川のように座っていたからだ。昼食どき、茶をすする王は考えている。輸入したばかりの煙草を捨てた。使いの者は、何も音のしない王の背景に見える中庭をしばらく眺めていた。八本の柱が見えた。奥の壁は数千年前だという。崩れ落ち、骨が露わになっていた。使いの者には骨に見えていた。王はまだだまって茶をすすっている。それはどこから来た茶なのか。「ばあやがもってきた」王は言った。「リスがもってきた」王は続けて言った。「樹木の上から降ってわいてきた」王はもうすでにだまっている。使いの者の前に葉がずらりと並んでいた。「どこからもってきた」「どっからやってきた」それらは口々に言う。「眺めてごらんなさい」鳥人は、巨大鳥と向かい合っている。これは市場には並ばない。商品にならないと言っているのではない。ここは市場ではないのだ。われわれはすぐにあれが欲しい、これが欲しいといって、多くの樹木を見逃している。車に乗りながら、あらゆる景色と抱きしめ合っている。打ち捨てられたアルミ缶は蟻とまだ戦っている。色が変わった葉は雨量を気にしている。雨の服、雨のカーテン、雨の椅子。歌になってもおかしくはない、あらゆる時間とわれわれは常に向き合っている。鳥人はそこにいる。われわれの目の前のつつじ公園にも、だ。それが壁の向こうに見えていた。骨の中身は空洞で、軽さを誇っていた。「ごらんにいれましょう」王はまだ続けていた。椅子の上で回転をはじめていた。静かな朝である。食堂からは仕事を終えた調理師たちが腰のエプロンで手をしごきながら、あれこれ話をしている。その声もまた鳥人の耳には入っていた。巨大鳥を前にしても。城はまだできあがっていない。まだ伽藍のままだ。植物に隠れていた城は、使いの者にとっては停泊する場所に見えていた。王は立ちあがると、時計のようなものを腕にまきつけた。それは奇妙な模様が描かれた刺青に見えた。しかし、針は動いていた。「まもなくだ」王は、そのまま手を叩いた。静かな場所には手拍子が聞こえはじめていた。王の手が時間に遅れて、それになじんでいく。「ここから見えるあれらがすべて材料である。われわれの源泉は景色なのだ」王はそのまま幕の向こうへと消えていった。卵料理が出てきたのはそのあとで、黄色の熱いオムレツの上には花が添えられていた。八十五の階段。すべて寸法は人々の目元から。歩く、上る。てすりには川。時間がないことが少しずつ知れ渡る。町の空気。街灯。れんが。これらがすべて手に入るのではなく、われわれの一部なのである。その触手。

ブリコラージュには再定義が必要となってくる。あれはありあわせのものでは決してない。未開などない、という前に、われわれの知覚を疑うしかないのだ。ありあわせ、まにあわせ、冷蔵庫の中のものでつくる、ということは、われわれの頭を整理することとはまったく違うものなのだ。王がつくりだしたもの。そこらへんにあったもの、アノニマスなもの、バナキュラーなもの、あらゆる思考に再定義が必要となってくる。東京近郊にある川沿いで暮らすショウゾウ族の首長の言葉を記録した『ゼロ』には一つの証言が残っている。「わたしは拾ったのではありません。わたしは捨てられていたのではありません。なんでもありません。それはわたしだったのであり、見えているものだけがわたしではないのです。カミキリムシの触角が見えますか？」

ショウゾウ族の首長は、われわれがゴミだと認識し、切り捨てた、髪の毛まで収集していた。しかし、それはまったくもって〈ありあわせ〉ではないのである。野生の思考など存在せず、ただの思考も存在しない。われわれが今、見なくてはいけないものは、その汚らしさとの再会である。精液、髪の毛、鼻くそ、下着についた油絵の筆跡のようなおりもの。それらはわれわれから切り離されたものであり、川沿いの集落だ。しかし、それは間違ってもわれわれではない。拾い集めて、自宅にいちばん近いゴミ収集所にもっていったとしても換金することはできない。しかし、ショウゾウ族はそれらを自分たちの住処の材料にするのだ。それは偶然ではない。むしろ、それを偶然と呼ぶのなら、偶然は一個の器官である。偶然は、見えない触手、カミキリムシの触角として俄然そこにいる。風が吹かなくても揺れている。作用・反作用の動きとは別の、作用があるのだ。われわれの尿意、感情の発露、今すぐ、その道端で、ありもしないことを、あられもないことを、卑猥な言葉を、下着をまさぐる熱帯夜を、言葉にするときに起きる燃料棒。それは五メートルの柱が必要になってくる、巨大建造物、神殿をつくる際にも同様だ。ショウゾウ族の体には、無数の孔があり、そこから、老廃物である毛髪とは別の管を通って、触角がまかりでる。大通りを信号も見ずに渡りきる三歳児。幼稚園は不要だ。親の保護すら。触角は五十センチであると言われているが、正確なことはどうでもいいのだ。それも笑って済ませる話なのだ。それが五ミリだろうが、五メートル近くの廃材を見つけたとき、そこに一つの景色が到来し、川が発生し、水辺の藻たちがざわめき、バカなやつが外にでていく。バカなやつしかそんなことはしない。それでできあがったのが文明であり、エジプトよりもずっと先に、樹木たちによる、苔たちによる、バカな変則者から生まれた植物文明、それによってたかった動物たちの景色が勃興する。帝国などない。

「あらゆるものが材料に見えた」と王は言った。記録にも残っていない。残っているわけがない。そこは歴史ではなく、歴然と見える場所だった。ブリコラージュなどなく、日曜大工も日曜画家もいないのだ。いるのはただ、職工であり、大工または画家なのだ。ルソーが真冬の深夜に流した汗には、成分どころか、それを照らした太陽の変転まで映し出されていた。それを描く画家がいないのか。王はつねにそう伝えた。それを描く画家はいないのか。われわれの時代もまた、そこにいる。われわれはつねに画家を求めているし、大工は職工としてあるのであって、免許でも、下請けでもない。彼らは城壁をつくっていた。あらゆる材料の前で。王は言った。「この豊かさを見よ。市場など行かずに。虹などに頼らずに。石など立てるな。石は石として寝かせておけ。獅子と同じように。孔雀が飛ぶか。飛ぶだろう。われわれの中間に。間に。だから、それを見ればいい。この天文台で。星ではなく、あらゆるものを見よ。それがこの天文台の役割であり、わたしが生きたことである」王はそう言うと、両手をただちに裁ち落とし、足首までも、胴体もすべてこなごなに吹き飛んだ。なぜ、われわれはドアノブが壊れたからといって、鍵屋を呼ぶのか。床板の下の界に住まう住人たちを起こすのか。知らないものは知らなければいい。目の前のものを風景とみなして、見るのか。見るのではなく、接続するのでもなく、新しく思考を転換させてもいけない。それはすべて、市場へとつながる。資本主義だろうがコミュニズムだろうが、なんら変わりはない。市場を燃やす。しかし、それでも市場は生きのびる。どこかで。屋根のない場所で。蜘蛛の巣で。そこに集まる顔ぶれはみな落っこちた首を一人一人拾い集めるだろう。それが景色であり、それはすべてわれわれの住まいなのだ。道具なのだ。服飾なのだ。利用しろと言っているのではない。その豊かさに打ち砕かれればいい。その豊かさは何ももたらさない。われわれは働くことをやめるだろう。代わりに、真冬に灼熱の汗をかくのだ。それはブリコラージュではなく、ありあわせの材料でつくったチャーハンに近い。つまり、いちばん美味い。誰よりも美味い。それは愛ではない。夢中になった女が男につくったからといって美味いわけでもなんでもない。それはただ美味いのであって、なぜなら手に、われわれの手に宿っているのは、あの王の調理師だからだ。何かできる前。建造物が生まれる前。王はいた。いま、王はいない。帝国などない。壁を立てただけで、骨などないことを知ることができるように。誰も訪ねてきたわけではなかった。あらゆるものが自分の一部ではなく、あらゆるものが、半自分なのだ。反自然は半自分である。それでできることといえば、感嘆の声をあげるくらいだ。それを語彙がないといって非難することは簡単だ。誰にでもできる。しかし、本当にそうなのだろうか。本当に、それは非難できるのか。いや、口にできるのか。

わたしにいま、憑依が起きていると簡単に口にすることはできる。しかし、誰にでも本当にそれができるのだろうか。わたしはそう思わない。われわれもまたそうは思わないのだ。なぜなら、城が発生した瞬間に、崩れ、あたりに住まう動物たちがくりとこちらを向いたように、わたしは材料であり、ただチャーハンになるだけなのだ。しかし、それは美味い。ただ美味いのだ。わたしが美味いのでもない。恋愛などないあるのは分泌液だけだ。しかし、それが機械的な運動だからといって、どうしてピカビアはアンフェタミンになることができたのだろうか。「彼はつまり、人間なのです。覚醒剤なのです」デュシャンが晩年、インタビュアーに対してこう答えたように、わたしもまた言おう。「これはのっとりです。集団的に行われている盗聴です。そこには一個の戦闘集団が関与しています。いますぐ、探し出してください。いますぐ！」飛鳥時代にいた一人の人間は一挙に二十三人の言葉だけでなく、その言葉の破線、源泉、乱丁をすぐに言い当てたという。しかし、これはただの演技なのである。舞台もない。照明さん！　照明さん！　なぜわれわれはすぐに「さん」と太陽が降り落ちる、言い表すことのできない容態の擬音を口にするのだろうか。擬音。そこからしかはじまらない。それは子音や母音とも異なっている。つまりあらゆる言語学は、はなから学ではなく、学者などおらず、あらゆるすべては子どもの手遊びであり、あやとりに近い。それがエッフェル塔だ、東京タワーだ、橋だ、と言っているだけであり、しかし、同時にそれは非難するにはあまりにも子どもじみている。子どもになること。それもまた一つの行為であるが、決して学ではないことは肝に銘じておかなくてはならない。演技はさらに継続していた。時間が経過していたと言っているのではない。時間はとうの昔に止まったままだ。舞台、つまり劇場ではあらゆる稽古が行われている。時そこで時間は動いていると言えるのか。繰り返し、失敗、演出家の問題、演出家の性格、彼らが摂取している薬物の量、それだけ時間の変動をうながす変数は揃っている。トークショーだって同じことだ。インタビュアーによる取材だって同じなのである。いつまで話し続けるのか。誰も聞くことができない。非難ができない場所にいること。そこから離れないこと。手を離さないこと。鉄条網を張り巡らされようがなんのことはない。ブブカはいつも棒を持っている。あらゆる棒を。西遊記を参照すればたやすいことだ。われわれは話が止まらない。わたしはそのような演技をしている。しかし、これはすべてアドリブなのである。オーネット・コールマンが『頭の中のあいだは踊っている』というアルバムで表現していることは音楽ではない。それは白い顔をした道化師の存在であり、気配である。われわれの背後には常にこのような存在がいる。完全な個体から、地表上に生息するすべての苔を示すことができるアメリカでは、ときにこうした現象が一人の人間にではなく、州ごとに無差別的に行われる。道化師の変化しない顔は、池の中の白鳥のようにあらゆる努力をすべて蕩尽することによって行われるのだ。ギターの音色が聞こえたところで、スピーカーからは弦の一本もでてこない。もちろんここにも市場はない。われわれは観ている。演出家は自分が書いてもない原稿を、脚本を読み続ける演技者を前にして、怒りを露わにしたが、しかし、今は稽古中ではなかった。観客は見入っている。そもそも時間は完全に停止していた。何時からの開演であろうが、印字されていようが、演劇が行われる瞬間、あらゆる時間は停止してしまう。これが本来の演劇の目的である。われわれが幼い頃、上演前の広々としたホールで、なぜかわけもわからずに椅子の上に座り、シャンパンを飲もうとうながす存在しない両親の面影を完全に無視し、その垂れ幕にシダ植物の揺れや、プテラノドンの鳴き声などを耳にしてしまうのは、このことによるのである。観客の魅了は、演出家の手柄である。それはもちろん、時間が停止した世界の外では。しかし、演出家はひとたび演技がはじまってしまうと、自分もまた一人の観客へと変貌し、あの幼い頃のプテラノドンの気配を感じてしまっている。だから、一歩も足が出せないどころか、腰を折り、近寄ってくる正装した知識層の人間たちの無言のウィンクに、自分もまたウィンクで応答してしまうのだ。これは言語ではない。これはタモリの形態模写と同じもので、本質的には演出家の存在を疑っているのである。タモリは常に疑っている。中国人という存在を。麻雀はある。両面(リャンメン)待ちもある。その街角で待っている。しかし、明らかに彼は中国人という区切りを、その境界を、ほとんどコカインで酩酊してしまっているイタリア人のサッカー解説者もろとも疑いをかけ、その彼らのけものを垣間見ているのだ。演技者は止まるどころか、舞台装置もすべて破壊し、臨界へと達する。そのとき言語は、演技者のほうにあり、われわれ観客は音素を探ることもできなければ、音楽として聞き流すこともできず、その切れ目に入ることを強要され、ブラックホールへと陥ってしまう。照明さんは呆れて帰宅した。音響さんもまた同様に。演出家は手柄から離れることができずに、恐竜に頭から食いちぎられてしまった。もはや彼は演技者ではない。わたしもまたドゥルーズなのかどうかさえ、判別することができない。もはや死んでしまった。わたしもまたアロサウルスに。骨に空洞がある、あの獰猛なけものに。

アルトーがアルフレッド・ジャリ劇場で現そうとしていたのは以上のような光景だ。しかし、着目しなければならないのはアルトーがペヨーテを食いながら残したという『アルフレッド・ジャリ4』という一枚のメモである。ウルグアイで発見された。彼は舞台装置を設計していた。あらゆる作家にはそのような設計図がある。しかし、彼らは建築家でもなければ、いずれできあがる書物のプランなどない。書くものを、作家と呼ぶことには慎重にならざるをえない。そのような軸では、人は劇場などつくることができないし、そもそも書物を書くものは作家ではない。横断する線があり、それは断面ですらない。言うなれば、矩計図（かなばかり）。それは一分の一の図面なのだ。もはや、どんな装置なのかも判断することはできない。

神は細部に宿るなどという人間は信用することができない。神はそもそも宿るものではないし、宿るならもっとましなものを選ぶべきである。それにもまして細部、である。細部こそが、劇場であり、そこにこそ観客はいる。細部とは、アルミニウムとゴムの出会いであり、框（かまち）である。建造物は四つ角を作りだす。それは交差点でもある。人の交差、物質の交差、大気の交差、宇宙の交差を起こそうとするのだ。しかし、交差からは何も生まれない。それは一方通行路のぶつかりでしかなく、目的をもった人間たちの通過でしかない。そうではなく、アルトーはすべての角を排除していた。しかも、密着、密封を恐れていた。風が入ろうが、雨が滲み込もうが、彼の恐怖に比べれば、大したことがなかったのである。材質はあらゆる細部で、同じものが使われていない。建造物は常に効率を考える。あのピラミッドでさえ、だ。しかし、本来、神殿とはそのように作られていない。劇場もまた然りである。もちろん、神殿と劇場は違うものだ。誰もコロセウムで見た悲劇で涙など落とさない。それは一つの虚構であり、虚構と足場は明らかに違うものだ。見せかけではなく、見せかけないこと。見せかけないのに、それは分裂し、破壊され、崩落している。水がだらだらと流れ落ちている。それでも足りなければゲリラ戦だ。誰かを呼べばいい。聖戦というなかれ。そんなのはどうでもいい。笑いとばすしかないのだ。それはただのダイナマイトであり、それ以外にない。火薬ではなく、物質の衝突。つまり、交差点でなく、われわれは衝突を起こそうとしている。アルトーもまたそうだった。しかし、何よりも劇場名にもあるように、ジャリが、アルフレッド・ジャリこそ、その先人である。彼は衝突だった。スピード狂だったが、やはり彼は朝、日陰でやつれていたのである。庭先には常に屋根がかけられ、彼はそこに横たわっていた。三島由紀夫の筋肉は、スポーツマンであったジャリの写真よろしく、それはただの交差。つまり、演技ですらなかったのだ。衝突を起こせ。衝突そのものになったジャリは、煙草を吸うために、火薬屋へ出向くのである。彼のことを描写するためには、彼の分身が必要だ。彼は分身だった。誰の？　それは保険数理士プランセである。アンリ・ポアンカレが勤める大学でスノッブだった彼は、物理学として彼の講義を聞いていたわけではない。彼は明らかに爆破魔だった。彼は爆弾をつくろうとしていた。それはいくつかの証言でも明らかである。まずピカソは言った。「アヴィニョンの娘は、完全な窓だった。おれは青に塗りたくり、バラ色の時代を笑うしかなかった。便所もついていない場所で。あの洗濯船で。それもこれも阿片のせいであり、それはプランセだった」プランセは何もしない犯罪者である。爆破しない爆破魔であり、ダイナマイトでもあった。覚醒剤ならまだいいほうだ。〈誰に迷惑をかける？〉馬鹿げた論争はやめたほうがいい。それは爆破への導火線であり、プランセはなにせ保険代理人なのだ。しかも数理士。彼には数字が一つの絵画に見えていた。それは筆跡や高い値段の油絵を必要としない。筆がいらない！　プランセは四次元などどうでもよかったのであり、バッティングセンターでバットを振りながら、日頃の鬱憤をはらす会社員たちの二次元を生み出した。そこに王妃がいようが、そんなことはお構いなしに、彼らは今日もバットを振る。悲しいかな。そのマシンの原型となった機械こそ、『フラットランド』の作者アボットによるものだ。プランセはアボットの熱心な読者であり、同時にアボットがつくった秘密結社〈軟球クラブ〉の実質的なリーダーだった。それがいま美術館で飾られている。そこになぜわれわれは出向くことができるだろうか。見るべきものは他にある。ジャリ4という新しい劇場はアルトーの強制的な入院によって未完成のままだが、バッティングセンターはどこにでもある。あれらひとつひとつが、軟球クラブのサロンなのだ。まだ会話は行われている。決して聞き逃してはならない。そこに現れるのは阿片窟などではない。窓は群青色で塗られたままだが、トイレの芳香剤みたいなもので、臭いと思えば臭いが、キンモクセイが花開く瞬間に、あらゆる樹木（もちろんキンモクセイではなくとも）が、便器になる。便器になったような気分で、貴婦人たちのおしっこ座りをそのまま加えてみればいい。アルトーは劇場の看板にそう書き残している。それは卑猥か。いや、技術だ。ヒントだ。マンネリを抑えるための秘術でもある。ベッドに横たわったスポーツマンであるアルトーは、一番はじめに行う戯曲についてのメモも同時に書き残していた。プランセがその人であり、彼はいまだに絵画を描き続けている。チェックシートにわれわれの病歴を書き残しながら。アンフェタミンは何も覚醒剤にだけ含まれているのではなく、もちろん人体にも含まれているし、合法的に摂取したければ、植物にたずねてみればいい。その国その国に存在する。それもまた秘密結社であり、戦士はそのようにして生まれる。謝罪からは発生しないし、捕まっても、何が悪いのかと口述することができる。実際に、プランセは裁判の傍聴を行い、さらに盗聴まで行っていた。それをさらに奇譚として、卑猥な雑誌に連載までしていた。アボットとは違う四次元に。数学的、物理的、科学的四次元は明らかに間違っていた。正確ではなかった。もちろん、その非正確さは人間にとって重要なものであり、勘違いこそ、抜け道を発見する。今では、それが全体を包み、ひとつの真実となっている。しかし、その真偽などどうでもよく、バッティングセンターには正確さなどなく、そもそもこの機械にはいまだ不明瞭な部分がある。それはただ鉄製のレバーの〈ブレ〉であるとか、歪みであるとか言われているが、プランセはあくまでも違うと主張している。彼は直感方程式なるものを編み出した。もちろん、エロ雑誌上においてである。つまり、ほとんどの人間にはただのクロスワードパズルとしか思われていなかった。それが目的だったのだろうか。交差するな、衝突せよ。爆破魔はまだ爆弾をつくりつづけている。永遠に爆破しない爆弾。不発弾ですらない。彼は何を待っているのだろうか。『ジャリ4』にはわれわれが至るべき、けものになること、もしくは、けものになるまえ、の動線が、連続写真のように記されている。

世間話ができないと、患者は言った。彼はどこにも属することができない。天気のことも関心がなければ、昨日のニュース、しかも大量に人が虐殺された、射殺されたという大惨事でも関心を持つことができない。天変地異だろうが、事は変わらない。新築のコンクリート造であれば震度7までもつだろう。もちろん、それで死んでも構わないのだ。絶滅すればいいのはわれわれなのだから。もちろん、彼は暇である。だからこそ、それらニュースを耳にしたり、目で確認することはできる。しかし、何一つ感想がないのだ。記憶がないわけでもない。その捕まった犯人の動く姿は黙認している。そいつはいた。いた、ということが判明しただけで、彼の問題はクリアされてしまっている。解決するために血を流すようなことはしないのだ。世間話ができない患者は、それでも外に出る。空気を吸いたいからだ。白い目で見られようが、もう構わなくなった。それどころではないのだ。患者は、幼い頃から世間話ができなかった。従兄弟だって、再従兄弟だって、できなかった。あの場では。大人たちは何やら話をしている。最近のことや、仕事のこと。しかし、彼はそこに加わる必要がなかった。ただそれだけのことだ。それを孤独などと判断してはならない。孤立などもってのほかだ。患者は次のことに向かうだけであり、何か触るものがないのか、何か道具がないのか、何か壊す対象がないのか、分解する肉体が落ちていないか。もちろん、子どもだったわれわれはそうだった。さらに、異常な反復。同じことをしているのではない。われわれは、その都度、でんぐり返しをしているのであって、前回までの酩酊など計算には入れていないのだ。世間話を回避せよ。かつ沈黙もするな。まったく別の、次を、異常に反復せよ。人が患者をあしらった。笑い飛ばせ。病院へ行くな。患者を回避せよ。反復することで、もう一つの規則となる。規則を忘れた人間は、限られた音で会話をする。しかし、それは会話ではなく、反復ですらない。模倣にすぎない。カイヨワは、遊びの要素の一つに、ホイジンガが抜き取ったはずの「模倣」を再び取り入れた。つまり、彼らは遊んでいるのだ。われわれが遊んでいるのか。患者が遊んでいるのか。でんぐりがえしのどこが遊びなのか。それは職務である。それは化学者の仕事であり、火薬庫だ。

子どもになること。それは遊びではない。それは赤ちゃん返りでもない。かえるなら胚にまで戻るしかない。原始時代にいったとしても、それはタイムマシンで実証済みのケチな遊びにすぎない。スピルバーグを誤認している批評家は、それを「何も起きていないこと」と言う。しかし、バック・トゥ・ザ・フューチャー三部作で行われているのは、人間の決死の行為ではなく、電線の破裂、閃光、音圧でしかない。早送りしながら高速の動きをみるべきで、人間の対話や沈黙に、唾をのんだり、手汗をかいている暇はない。だからこそ、世間話がはじまるのだ。そのコードから完全に逸脱せよ。われわれは反乱軍である。信条もない。聖戦もない。むしろ、それはマッサージに近い。

生が生きるに値するものであるのか。タルフォン精神病院では、それに対して失笑が飛ぶ。その結果はじまるのは、錯乱の抑制、消失であり、面接だ。元々患者であったマリオーネは、献身的な医師たちの力によって、確かに労働者となった。彼女は給料をもらい、それで外食をするという初めての行為をした。恋愛もした。薬は与えられたが、成分ははっきりと自覚しておらず、しかし、正式な処方箋とともに、彼女は「治癒」したのだ。カルテにはその過程が残っており、退院時には彼女なりの感謝の言葉が連ねられている。アパートを借りることまでできた。しかし、彼女は言う。「灰色の透明のカーテン、風が吹かなくても、虫は入り込み、笑い声が水道管からこぼれ落ちる。水を飲むことができない。水を。冷凍ピザだけがわたしの唯一の落ち着く場所だった。あらゆる物質はわたしの場所、わたしはそこで迷子だった。先生方は生きろ、と言う。そして、光量を調整した。それから書くことをやめた。わたしは病室で書いていた。そこは完全な場所で、わたしには欲望という一番自分ではない体の中の虫を飼育するのではなく、同じ樹液に集まることができた。夜の集会。空き缶の中でのダンス。夜明けまで続いたその饗宴は、年金手帳との決別、止まらない衝動。分裂したわたしはダンスが好きだった。夜、みんなが寝静まったとき、カーテンの内側で、一体、どうしてダンスをせずにいられたでしょう。ダンスの相手なら、永遠に困らなかった。蛇口をひねれば、小さな人間たちが、ときには首が長いものや、羽毛につつまれたもの、翼をもちベッドの上を低空飛行するものなどが、概要書も、報酬の提示もしていないのに、快く、わたしの依頼に、誘いに応えてくれた。いつまでも踊るどころか、テレビ局だってつくったわ。みんな、わたしの会社にきてくれました。時間割をつくるのがわたしの仕事で、朝のニュースのためにゴミ置場を徘徊しはじめた。それもこれも病院の中で起きた。でもそこは病院ではなく、明らかに町で、わたしは首都から車で三十分ほど離れた郊外で暮らしてた。そこは家賃も安く、蛇口の友人たちがそろって暮らすアパートを借りるにはちょうどよくて、彼らはすぐに才能を開花させた。スターになって、わたしは彼らのマネージャーになった。忙しかったけど、それはわたしの生活の一部になった」マリオーネは後に自宅アパートで自殺をした。われわれは問わなくてはならない。生きるに値するものがここにあるのか。マリオーネの町はそこで消滅したのか。テレビの電源をつけても、チャンネルをほじくりかえしても、もうそこにマリオーネはいないのか。マリオーネにとっての悪魔とはわれわれだったのかもしれない。それは彼女の村との決別、娼婦となって地元の家族を食べさせる一人の少女となった。飼い犬はいなかったが、彼女は厚紙で無数の動物をつくりだしていたことがわかっている。自宅は十四階建の雑居ビルの一室だったが、ドアを開けると、そこは完全なジャングルだった。彼女は夜毎に、町を徘徊し、公共の公園などからシャベル一つで、根っこからねこそぎ取り出し、自宅に持ち帰った。鉢を買うのが面倒だからといって、彼女は床の上に防水シートを敷き、腐葉土を五十センチほど部屋全体に敷いた。そこに次から次へと植えていったのだ。仕事は土日以外は毎日、真面目に出勤し、仕事中でもほとんど問題がなかったという。営業職だったが、成績も悪くなく、社長や、人事の人間以外には彼女が精神病院に十五年もの間入院していたことすら知られていなかった。しかし、彼女には錯乱が消失してしまっていたのである。部屋の中には虎までいたと解体業者は言った。ありとあらゆるものを、捨てられていた厚紙などでつくりあげていたという。その精巧さは目を見張り、後には回顧展も行われるようになったが、彼女はもういない。錯乱の消失は、このように人を死に向かわせる。それならば、何をすればいいのか。タルフォン精神病院はこの反省から、患者を〈社会的に〉適応させるという行為を悪魔の仕業だとみなした。条文にそう記した。そして、われわれには医学的知識が皆無に等しい、と一人一人の宣言文を添付した。彼らは病院を廃業した。そして、一つのサーカス団をつくったのだ。見せ物小屋である。祭りがあると、建物が崩れ、空き地になると、結婚式、葬式、もしくは酒場、キャバレーなど。ありとあらゆる多数の人間があつまる場所、人間が近寄らない場所で彼らは見せ物小屋をはじめた。「住まいすら固定したものがいらなかったのです」とマリオーネの主治医だった、クンペラ元医師は言った。場所を見つけることは困難に見えた。しかし、それはあくまでも医師と患者という区別があったためで、解決するために彼らはまずそれらを一掃した。つまり、医師も患者もいないと宣言した。彼らは囲われた病院という空間を脱することで、現実界という舞台を獲得した。彼らは演技を行うことにした。現実界での演技は、生活という名前に変貌する。患者とよばれていた一方の人間の群れは〈医師〉に、そして医師免許をもっていたものたちを〈患者〉と呼ぶことにしたのだ。住まいはすぐに見つかった。まずその〈医師〉たちは「マリオーネは死んでいない」と断言した。〈患者〉たちはみな、一度は首をかしげたが、それでも医師の言葉に従い、今ではまだマリオーネは生きている。

マリオーネは復活をすることもなく、ただ生きていた。彼女は鼻だと言った。彼女は分割された身体器官なのではなく、ただ鼻のかたまりなのだ。彼女は夜毎、町へくりだし、鼻のまま、ただ闇雲に漂った。中空を浮いていたが、誰一人として不思議には思わなかった。〈医師〉たちは彼女のあとを追った。カルテはすべて焼却した。「紫、ビリジアン、ターコイズ」彼女は色で方角を指定した。彼女の方向感覚は、完全に正確で〈医師〉たちはその一つ一つをすべて聞き取り、紙の上に、既存の町の地図の上に、油絵で新しく町を塗り重ねていった。それ自体が地層になっており、いくつか化石も発見された。彼女の鼻は、どんな曲がり角でも見逃すことがなく、小さな隙間を見つけると、すぐに杭を打った。土工は、ジャーミー〈医師〉によって行われ、杭を打つ行為はオペそのものだった。彼らはそこで何度も魔物を見た。人間はそれで呪われ、離れていったのだ。〈医師〉たちはあくまでも科学的見地からそれらの現象を捉えていた。足場が建てられた。それは粉末を入れる錠剤カプセルのようなもので、それ自体が病院の外壁となった。中には数十人の入院患者も入ることになった。彼らは「空が見える。雨が降った。遠くの国でもめごとがおきている。人が死んだ。また死んだ。厚化粧を塗った女が裸に近い格好で、巨大な蜘蛛のような車から降りて、血みどろのカーペットの上を歩いている」などと妄言を言った。〈患者〉たちは遠くで起きていることの声を聞くだけでなく、その姿形まで見えてしまっており、しかもその悪夢を繰り返し見た。マリオーネの鼻はどんな町にであれ、薬草があることを示し、昼間はもっぱら植物が多く育っている公園や川沿いの雑木林などで、薬草の調合に取り組んだ。診察はもっぱら問診で、薬草を使っての変身による問診が主だった。〈患者〉は転移してしまっており、時折、捨てたはずの医師免許を持っていると言い出し、カルテを手に〈医師〉に向かって「それは病気である、錯乱である、分裂である、抑うつ状態である」などと妄言を吐いた。〈医師〉たちはそれに対して、幻覚、幻聴であると即断することはなく、まずはじっくりと話を聞いた。そして、まず、抱きしめるのだ。〈医師〉は薬を処方することも、〈患者〉に対して、病名を伝え、定義することもしない。〈医師〉は〈患者〉と一番近い場所、〈患者〉がデリケートに感じている部分ではないところに触れる。〈医師〉たちにはその場所を特定する力能がある。そこに手をあてる。そして次第に、近づき、視線を合わせながら抱きしめる。〈患者〉は治療を求めていない。〈医師〉はまずもってその錯乱こそが、自分であり、錯乱こそ生よりも、生きるに値するものであることを伝える。皮膚で。処方箋の代わりに

〈医師〉が手渡すのは、手書きの文字の羅列である。それは乱数表にも見える。「コネ、粉、からまっている蔦の一つ、はしご、上、虫の羽の、一周、二週分、定規、その、とくに、つくりあげた、ものとしての、定規。柔らかく、曲げても折れない、感覚。感情、ロシナンテ、道端、糞、乾燥、れんが、壁、看板、村の名前、死者、ドア、親戚、太陽、とうもろこし、あいだ、天、あいだ、水、あいだ、井戸、感覚、二錠」そして、最後には決まって〈医師〉から見た〈患者〉の様子が描かれる。風景描写と彼らは言う。実際に写生をする場合もあった。「あなたはわたしが見るに、目の奥の感覚と、耳の楽譜が非常に安定しています。つまり、人が見たものに、エフェクトをかけたり、虫の羽音に対して、音色を感じたりする職業が向いてます。道具は、木の棒、それにやすりを二千回かけたあとの屑を固めて、馬の親子をつくったりするといいかもしれない。しかし、まずもって忘れてはいけないことは、きのこ王国ね。そこの王子なんだから、威厳をもって、アスファルトの上を三回飛んだらいいわよ」〈患者〉はそこで感情が湧く。それまでほとんど他者に伝えていなかった内奥の広場に、一人の老父がやってきたように、水も出ない荒地のあばらやに入ったまま、白骨化したおのれに油が滲み渡るように感じた。喜びとはまた違ったものである。興奮して〈医師〉に飛びついたり、もっと強く抱きしめるように要求するものもいたが、決まって〈医師〉は「横になりなさい。心臓さん」と言って、心臓に左手をあて、抉り取るような仕草をしながら笑って、次の〈患者〉の待ち時間を心配し、詫びるのであった。
「錯乱なんかないのよ。まったく。それはおかしいことでもなければ、あなたが望んでいることでもない。何にもないわけじゃないからね。そりゃ、びっくりするわ。でも、それはそこで起きてる閃光なのよ。爆弾。爆弾をつくったのよ。あなたは爆弾をつくってて、それにおびえているのは、ただの外の法が見えただけで、でも、そこからもっと見てごらんなさい。銃の狙いを見てごらんなさい。そこは空気もきれいでしょ、ぜんぜん違うから。両手を広げてごらんなさい。息を死ぬまで深く吐き続けてごらんなさい。光合成はあなたの仕事なんだから」

ヘロットであった奴隷マニドロスはエトノス出身であった。非ギリシア人だけで構成されたエトノスはポリスのような国家とはまるで違う集団であり、しかも、彼らは不定の人、流浪の人、にもかかわらず移動しない民であった。マニドロスは、アテネの銀行員パルシオンの筆頭奴隷として頭角を現していたが、それは何よりも、彼の

〈殺害されること〉への異常な関心によるところが大きい。パルシオンと初対面したとき、マニドロスはまだヘロットではなく、奴隷という意味もわかっていなかったという。彼は聞くことのできないもの、計算することができないものであり、また痛みを感じることができないもの、痛みを感じたものであった。「お前は奴隷として何ができる?」とパルシオンに問われたとき、マニドロスはその場でただ踊り、さらに手にもっていた刃物で右手の中指を叫びもせずに切り落としたという。「おれは人々を支配する。内面だけを支配する。植物とセックスをする。水道橋の中で水になってお前らの中で暴れる。水になればいい。そうすれば、お前の世界を支配することができる。体が入りきらなければ、切り落とせばいい。それで、いい。買い手はいないか? 腹が減った。金がいる。だから、買い手はいないか? そいつはどこだ。おれは買われてやる。くれてやってもいい」と言いながら、切り落とした中指をそのまま焼きもせず、皮をむいて食べた。マニドロスの父は海賊であり、自分たちの子どもたちを一人一人、撒き餌にして、海に放り投げていた。マニドロスは、ただ地面に倒れていた。まわりにも同じような奴隷たちが、ヘロットとして購入されるセリの途中であった。パルシオンはマニドロスを気に入り、六万ヘルブールを現金で支払った。しかし、マニドロスは仲卸をもっておらず、仲介なしでただ市場で転がっていただけなのだ。寝てたら、見えん、と周囲から声が上がったが、気にするはずがない。「支配したがっているやつはお前か」マニドロスはパルシオンの手から金をもぎとると、そのまま、皮膚を縫い合わせてつくった太ももの財布の中に分厚い札束を食い込ませた。マニドロスは富豪パルシオンの十五番目の奴隷として、アテネ中心部にある五階建てのパルシオン邸に足を踏み入れた。よだれがでていたという。笑っていたという。まわりの奴隷たちが恐れたのも当然だ。彼は広大な庭の地下につくられた、鉄格子で囲まれたヘロット部屋に入れられたが、翌日には五人の奴隷が首をむしられて死んでいるのを見て、パルシオンは雄叫びをあげた。パルシオンは怒ることもなく、マニドロスが死体に食らいついている姿をただ黙って見ていた。もちろん、ヘロット部屋からはすぐに出され、マニドロスには鉄の靴を錠付きではかされた以外、何も制約はなかった。マニドロスはそこらじゅうの白壁に、臓器や飛び出る目玉などを血液で描き続けた。召使たちはパルシオンの道楽に付き合いきれないどころか、生命の危険を感じていたが、マニドロスが本来求めていたのは〈殺害されること〉であった。ポリスでは罪を犯せば、死ぬことができる、とマニドロスは言った。しかし、ここは邸宅内であり、すべての法はパルシオンにかかっていた。パルシオンのもとでは死ぬことができない。マニドロスはパルシオンに、死ぬための陳情を出した。パルシオンはマニドロスの目的に興味を持ち、プライベートな奴隷から、さらに過酷であった公共の奴隷へと格下げを行えば、それが可能になるかもしれないと伝えた。マニドロスはその日のうちに、パルシオン邸を出た。町を歩いた。ヘロットの焼印を背中と頬に、わざわざ召使に金を払って押してもらい、通りをうつろな目をして歩いた。ここでもまたよだれがでていた。そのうちによだれ王と呼ばれるようになったが、橋の上で暴れても、時折、気が向いたときにそのへんを遊ぶ子どもらを数人殺したとしても、マニドロスを捕まえることはできなかった。捕らえようとする者が殺されてしまうからだ。パルシオンはアテネ中心部にあるロッサ地区のほとんどの舗装、水道、公共施設、宗教施設の建築費を出資していたため、時の王であるエウペリウス三世もほとんど口出しができないような状態だったが、ある日のランチミーティングで、パルシオン邸の噴水の前で話をした。パルシオンは「彼はただ死にたいだけですし、殺せばいいんですよ。わたしだって奴隷を五人も殺され、その現場を見た八人の奴隷たちは発狂し、すべて自殺してしまいました。もちろん、わたしだって被害者の一人です。しかし、マニドロスはどのような状態であってもいいのです。よだれを垂らすのです。それが痛みだろうが、殺戮だろうが、非難しても、それは歓声にしか聞こえない。わたしは被害者でありながら、彼の喜びになぜか共感してしまいます。こんな世界は滅びればいいんです。よろしいでしょう。殺すための場所をつくりましょう。殺され屋を開きましょう。出資はパルシオン銀行がすべて出します。条件は町の真ん中でやらせてください。若者の教育にもなりましょうし、町民の鬱憤を、殺戮するという行為で黙らせることもできます。一回五百ヘルブール。つまり、大安値で殺しができますとうたい文句まで壁に貼っておきましょう」エウペリウス三世は満足して帰った。翌日、パルシオンが命じたとおり土工集団がレンガを積み上げて粗末な納屋をつくった。殺すことができる店。初日から欲望を抑えきれなくなった人間の列ができた。それは納屋から数百メートル離れたパルシオン邸の前にまで続いていた。人々はパルシオン家に伝わるさまざまな武器、拷問機などを一つ選び、それをもって一人で、マニドロスと対峙するのである。客が安心できるようにマニドロスには何も与えられなかった。しかし、このとき、マニドロスは歓喜のあまりに泣き出していたのだ。今から殺されるという感情は彼を大いに高ぶらせた。マッサージの効果があったとすら考えられる。マニドロスは結局、初日だけで、右手と両足を失い、舌は半分切り取られた。二日目以降も目玉が市場で売られ、鼻はそぎ落とされた。納屋は一面だけ、完全にガラス張りになっていて、観衆が寄ってきた。彼らは痛めつけられるマニドロスに対し、好奇の目しか持ち合わせていない。奴隷はそうやって殺しの訓練に使うべき存在である。ガラスには血しぶきがへばりつき、観衆は隙間に顔をうずめながら、彼が毎日、毎秒、ひっきりなしに痛めつけられ、切り落とされる光景を見た。勃起するものもおり、各自、藁葺きの小屋をつくりその中で自慰、男どうしが性交する場合もあった。さらには祭りまではじまり、花屋が大繁盛した。マニドロスは瀕死の状態だった。しかし、まだよだれを垂らし、そして、涙が涸れることはなかった。彼もまた勃起し、血にまじり、精液まで飛び散っていた。パルシオンはそこに群がる群衆を見ながら、現在の銀行と同じように金銀を貯蔵するための頑丈な建造物を、瀕死のマニドロスの横に建てた。パルシオンは非情な男であったが、マニドロスの目にはまったくそのように映っておらず、むしろ恩人として、納屋の内壁には血の付いたマニドロスの手によって「パルシオン、パルシオン、永遠の感動、喜びの雨、パルシオン、パルシオン、人々の欲望、天秤、星座、われは切り落とされた腕なり、売られた目玉なり、地面に滲み込みつづける血なり」と彼への賛辞を書き残した。司祭がきて、彼に対する哀れみの言葉がかけられたこともあった。マニドロスはまどろみ、まったく聞いていていない。「よくわからないけど、ごくろうさん」マニドロスはそれでも冷たく当たることはなかった。それを見た群衆は司祭を撲殺した。マニドロスが生きている間、その周囲五十メートルほどでは殺人や強盗が乱発した。風紀を乱すと中止を求める声もあったが、エウペリウス三世は続行を命じた。パルシオンはさらに銀行を拡張した。人々のたかぶった感情は長くは続かず、次第に焦点が合わずに、納屋の壁に頭をぶつけるものまで現れた。列に並んでいながら、横にある樹木で首をくくったり、爆破して死ぬものもいた。しかし、市場は朝早くから賑わい、子どもの数も増えた。下水道が必要となった。インフラはこのようにして発達する。それはここから切り取っても切り取っても、分割することができない肉体によるものだ。性欲よりも先に、切り取られた部品がある。血はみせかけにすぎない。マニドロスはいまだに死んでいない。血液で書いた文字はもうすでに消え失せたのに、叫び声もあげることなく、マニドロスは、顔だけでも夜、寝息を立てていた。

彼には誘惑がある。マッサージの誘惑だ。ここには愛憎がない。殺されたいマニドロスと、殺したい市民にはなんら関係がない。彼らが街角で会ったとしても、決闘になることも、性愛にふけることもないだろう。ただの市民と奴隷であり、それは安定器の中で、差別されていく。安定器の中の差別には恐ろしさはない。それはむしろ、国家の結びつき、各機能の強化につながる。納屋、マニドロスの陳情、そして、パルシオンの資本はマッサージなのだ。性愛のない触れ合い。金銭による結合ともまた違う。別のものだ。これは無償のマッサージであり、彼はそれによって、安息を得ている。客もまたしかりだ。市民は列に並ぶことで客となり、血を見ることで、指を切り落とすことで、自らの筋肉と再会する。切り落としたとき、自らの肉体と遠くの距離から出会うのだ。それは恐怖心ではない。安堵感でもない。自分がその役目でなかったとほっとしているのでもなく、自らの体の新しい動き、潜んでいた動きを、夜目のように発見する。ふくろうのように。じっと見ている。が、何も見ていないのだ。関心もない。関心がないという無関心さすらない。呆れることもなく、諦めも、哀れみもない。見てないのだから。それなのに、じっと見ている。どこを？　バロウズは「二十三世紀を見ている」と言った。

電話がかかってきた。これは間違い電話だ。われわれのところには間違い電話がひっきりなしにかかってくる。電話番号は、自分とは違うもので、名前ですらない。そこには存在はないし、しかし、出ると、そこに通路ができる。われわれは声を聞くことがある。それは人間の声ではない。死にゆくものからの電話だ。死んだものからの電話もある。それは取る必要がない。あなたの時間がないなら。しかし、実のところわれわれは退屈なのだ。暇なのだ。ふくろうと同じように何も見ていない。かといって二十三世紀にいるわけでもない。体はここに固く閉じ込められている。しかし、それは本当だろうか。われわれは疑ったほうがいい。体はどこにもある。カーターがここにでもいたように、エイハブ船長が波のしぶきを自分の影だと勘違いしたように。船の上だろうが、飛行機の中だろうが、機内モードにしてようが、電源を切ってようが、電話がかかってくる。間違い電話でない電話を取ったものはいない。すべては間違い電話なのである。しかし、声はある。それが重要なことで、電話は道具ですらなく、ただの穴倉にすぎない。穴倉に住んでいるならまだしも、森を見たいだとか、川の水を飲もうとするかぎり、それはすべて間違い電話になる。わたしにも一本の電話がかかってきたのだ。

　それはガタリからの電話だ。彼は、頭の中にある妄想を、毎日、手帳に書いている。それを見たことはない。彼が言っているだけだ。わたしは言っている言葉だけで判断する。判断するしかないのではなく、それだけが判断なのだ。彼はペンを持っていない。彼と同居したこともない。しかし、彼は電話をかけ、わたしに話しかけている。
「お前は、あらゆる文献だ。文献を読む。読むことがお前だ。お前の言葉は、どこかからきた迷い犬だ。犬は吠えることしかできない。腹が減った。それでもお前の言葉は、まだそこいらで這いずり回っている。おれは自分で書いたものを、もう一度思い出すことができない。まったくもってそれは不可能なことで、高速で走っている鳥を、それがたとえ飛べない鳥だろうがつかまえるのは困難なことだ。おれは一つ罠をしかけた。ばね式の罠だ。部屋の至るところにしかけた。しかけるだけでなく、一つ一つ電極を差し込み、罠の精神状態まで知ろうとした。観察だ。知りたいわけじゃない。これは一個の仕事なんだ。だからこの電話はもちろん一個の罠だ。しかし、おれがしかけたんじゃない。枝にぶらさがるやつがつくりあげた。それは魔物じゃないし、そんなものはここにいない。お前は文献であるだけでなく、その文献から、また次の文献に飛ぶことをやめた鳥だ。飛ばない鳥は、爪がある。羽毛はときどき忘れてくる。おれは忘れた自分の文を読んでまた書こうとしてしまう。しかし、そのままでいい。それでいい」ガタリはわたしの本棚をかき乱した。電話の向こうから。手は伸びていない。手はいらない。必要なのは、どこに何があるか、経度・緯度の問題であり、そこに地図はない。平面は必ず存在しなくてはならないが、誰が、曲げたり折ったりしてはだめだと言ったのだ。ガタリはそんなことはしない。ガタリの言葉は性的イニシエーションの一種だった。ガタリの研究所は魔術師の実験場だ。ここには材料がない。もともと彼にはつくるものもない。あるのは戯言と方向だ。彼には方向がある。彼は方向になる。われわれはそれに従うべきなのだ。部屋はいくつも分かれていた。わたしが持っている書物はどれ一つとして製本されていない。わたしはいくつかの気になる箇所をただ鋏で切り取ると、そのまま分断する。シュレッダーにかける。カットアップなどあれはだまし絵にすぎない。ブライオン・ガイシンは「わたしが閉じているとき、わたしがふさぎ込んでいるとき。川の中の水はまっすぐこちらに向かって、わたしは中にいるのに、外から扉を開きそうになった。しかし、どれも遅れている、遅れている！　速度！　なぜいつもすべての動きが遅れてしまうんだ。まだ朝にもなっていないのに」と言いながら、バロウズのカットアップを「絵なのに、作品と呼ぶな」とののしった。目をつむったまま、ガイシンが液剤を飲み干した。エビアン・アラクスム・マリーフ。ガタリの部屋のスピーカーからはいろんな人間の朗読が聞こえる。どれも患者が読んだものだ。「わたしは火山へ向かっていました。車で。交通事故にあうだろうと思っていました。地鳴りが。それでも向かうことに決めたのは、そこに図書館があったからだし、延滞していたからです」どれもこんな調子だ。日記ですらない。それはどこの日記なのか。絵日記もあった。ガタリは完全に混乱していた。彼が言うには、わたしが持っている『イエローページ』が重要なのだという。試しに探してみると三冊あった。どれもわたしの家にあった。どれもわたしが作ったものだ。文献。彼はわたしのことを文献だという。わたしの体調、アルコール濃度、タバコの本数、家族の有無、天候、外の街路樹の揺れっぷり、ベンチに座る女の髪質、ありとあらゆることを聞いてくる。それに一つ一つ答えていたら、それはまさに暴徒だ。集団だ。わたしのところに集団が紛れ込んでいた。小人ですらなかった。草食動物もいた。かれらは本を嚙み切り、吐き出して、一度、粘着性のやわらかい食物に変換させたあと、子どもたちに分け与えていた。しかし、血が繋がっていたわけではなく、池のまわりにいた、というだけだった。池にはこのようにさまざまな生物が生息しており、彼らの存在だけを過大評価するわけにはいかない。そうではなく、池と葦のあいだにある湿地にこそ、ガタリがいう『イエローページ』はあったのだ。

切片を見ろと彼はさらに言った。切り落とした紙は丁寧に束ねてあって、それらは章立てすらされていた。まったく別の書物が集積しているだけであった。フォントも違えば、文字のサイズも違う。しかし、彼はそれを言い当てている。ページ数すら正確であった。これはガタリが書いたものだ、とわたしは言った。電話の向こうはしばらく沈黙が続いた。われわれは二人で書いた。しかし、実際のところ、われわれは書いたのではなく、赴いたのだ。そこにいたのは軍曹であり、われわれが従ったのは湿地の掟である。足の指はほとんど沈んでおり、足首がただそこから出ているにすぎなかった。ガタリはそれで焦っている。仕事があると叫んでいた。声にはならない。声をあげると懲罰をくらうのだ。分析するな。統合するな。総合するな、連結するな。関係するな。徒党を組むな。一人になるな。孤立するな。孤独を恐れろ。買い物に行くな。金を持つな。貧乏を燃やせ。札束を持つな。金を払うな。税金を払え。国家に従え。命をさしだせ。苦しめ。泣くな。迷うな。彷徨うな。ガタリは延々と否定している。わたしの体はその都度、動くのだ。これはおれの言葉ではなく、電話を介した街頭だ。外に出るな。引きこもるな。何がある。何がある。列挙するな。記録するな。分裂するな。精神を持つな。肉体を鍛えろ。体を忘れろ。電話を取るな。声を聞くな。一人よがりで書くな。書くな。書こうとしろ。勤勉になるな。遊ぶな。テレビを見るな。音楽を聞くな。ガタリの部屋では管弦楽の音がなり続けている。余韻、そのオーケストラ。感想を持つな。語るな。正装するな。洗濯するな。汚らしさを排除せよ。耳。聞くな。かたつむり。食べるな。引きずれ。糞転がし。拭くな。掃除。掃除。朝の電話。昼の電話。夜の電話。明け方の模倣。細胞について語るガタリの声は重い。机の上をどんどんと鳴らしている。次に待つのはおれだ、とガタリは言った。分裂していないお前。細胞。体は泣いている。理由はない。聞くな。聞くな。問うな。耳をすませていればわかるか。わかるものか。おれをどこへ連れていくのか？　奇妙な動物たちは群がっていない。ところが無数にいた。それらをすり抜けながら、池は風もないのに波打っていた。釣り針を廃棄せよ。コロニーがあった。金属の窓がランダムに取り付けられている。緑色の円筒は先端がやわらかく、入口はすぐさま変化した。入り込むことを拒んでいるのではなく。われわれが遅いのだ。ガタリはその仕様書を読みながら、われわれに指示を出す。わたしは椅子に座っているのに。傷を負わせる。振動する。食う。言葉はそれぞれ場所を意味し、等高線も示していた。塩分濃度のことも彼はしきりに言う。しかし、ここに海はない。海はそこ。海はない。海になるな。温度になれ。温度は変化しない。それは高さによるもので高度計さえあればなんとかなる。ガタリはわたしの文献に何を加えようとしているのか。『イエローページ』は十三冊にふくれあがった。図鑑の切り抜き。しかし、アフォリズムは徹底的に排除され、むしろ、童話の一節、後ろの解説文、われわれに霊感を与えるものはえてして、前か後ろにあった。中間はいつもこのような沼地、湿地、そこにできたコロニー。建築はぬめりがある。手で触るといつも滑った。構造は単純にせよ。代謝は多様に。われわれの排泄器官は無数にある。指の先にだって、爪の中にだって、靴にさえ仕込まれている。

ガタリは小さな杖を持っていた。病原菌そのものだった。コロニーを形成している、その池周辺の湿地植物たちの建築は、今にも倒れそうな形状をしていた。さらにもっと。奥深い地帯へ。彼はもう一度、書き直すと言っている。風景描写を書き直す必要がある、と。朝起きて、すぐ椅子にも座らず、外も見ずに、見えたものだけを、そこで起きた歴史だけを書き残した。目を閉じても、見えるようになっていた。紙の厚みだけを眺めていた。それだけでいくらかの歴史が見えた。音楽を聴くことはなかった。しかし、彼には音楽が組み込まれていた。われわれもまた同じである。「違う」ガタリは電話口で言う。しかし、この電話でさえ、われわれの耳であり、われわれの生殖器なのである。ここから生まれた雛がいる。いくつかの雛。餌を与える。どうやって？　思考した時点でその鳥は死ぬ。「まず自分が今いる場所の配置を図にする。それを文字にするのではなく、画面いっぱいに広げたペンキのしみにする」ガタリには速度がある。しかし、彼は見ていないものを言うようなことはしない。ガタリが残したメモを見ながら、わたしは一つの論理を付随させようとしていた。しかし、それはまったく違う行為で、杖で支えるくらいなら、すべてを風景だと思ったほうがいい。風景には重力がない。重力がないところに生命が発生する。それは真実である。重力はあとの話だ。まずはそれがない場所で、その月面コロニーで、起きた行動、スケジュール表を手にする必要がある。ガタリの促すままにわたしは『イエローページ』第八巻の三百三十六ページを開いた。それは部屋の様子が描かれた一枚の絵だ。わたしの部屋だ。水筒がある。水。シナモン。灰皿がある。ガラス。キノコ。メガネ。いくつかあった。のど飴。ライター。火あぶりの世界は、まだわれわれを完全には燃やし尽くしてはいない。コップはまだ焼いていない。陶工たちが近寄ってきた。まだですか。ガタリはもうすでに読み終えているようだ。わたしが読書している間に、ありとあらゆる影響が電話に作用している。ページを開いたままわたしは彼の言葉を聞き逃さないようにした。暗示的合理性。説明的衝動。直感的労働。ガタリはクロスワードパズルを楽しんでいるのだ。植物的客観。楽観の鳥。関心の火。しかし、驚くべきなのは、第八巻のタイトルがまさにそれらのガタリの言葉の羅列と同じ時間に書き記されていたのである。これはわたしの筆跡であり、ここにガタリがいたという証拠は何もない。二人で吸った乾燥大麻はある。しかし、それは数ヶ月前のことで灰皿がまだ一度も捨てられていないはずはない。しかし、これは静止画である。研究ではない。時間はすぎているし、服は着替えた。しかし、クローゼットの中には覚えのない原稿の束が積み重ねられていた。人は奴隷から逃れるために筏に乗るのではない、真に自由であるから奴隷になるのであって、川を見ても、詩しか浮かばない。そこに鳥はすでにいない。黒人が現れても、俳諧はわれわれには理解ができず、パーカッションを叩きながら、詠む。それが、ガタリの電話から聞こえてくるとは思えなかった。つまり、これは違うところとホースでつながっている。「ホースの水には敵対心があった」ロレンスは「虹」が発禁になった際、アメリカへ移動する計画を立て、その前に立ち寄ったオーストラリアでの講演で言った。〈明るい不安〉は今も彼に巣食っている。ガタリはデパスをまた飲んだ。「なんでもいいんだ。それが本当の夜明けじゃなくても」ガタリは宅配員を呼び寄せた。電話の最中、インターホンが鳴った。人間がでてきた。『イエローページ』を適当に彼はクローゼットの中からひっぱりだしている。「わたしはガタリではない」宅配員が渡した書類にサインするとき、宅配員の口はそのように動いた。腹話術、読心術は、いまだ残る魔術の名残で、それは死者を弔うための儀礼である。いくつかの南方の島では現在でも、人間が白骨化するまで、あらゆるもの、それは蛆虫一匹に至るまですべて確認し、目視し、捕獲する。それは革命なのだ。それは人間が死んだことを確認するのではなく、死んだあとも目視すること、それから発生した、腐敗が生んだ、あらゆる生産物を、栄養素とするのではなく、無目的の研究のためにホルマリンに漬ける。フェニモア・クーパーが描くヒーローは常に「まったく別の方向を流れる二つの川」である。インディアンであるロックモックに、インディアンの特徴は一つもなく、むしろ、それは背丈の低いアジア人を思わせるのだが、羽毛は完全に皮膚とくっついていた。爪も長い。獰猛さを備えつつ、深くおじぎをするなど礼儀作法は見逃すことができない。破壊的なリズムとともに、集団ではなく集落自体がダンスするシーンは、天変地異とはまったく異なる状態を描いている。それは状態ですらない。ガタリは「読んでいるのではなく、呼吸してしまう」と言った。彼の読み取りは、わたしの中の言葉を使いながらも、常に、まったく別のジョイントを見せる。ワックスでもやろうぜ、とガタリは言った。ドローンじゃない。われわれの中の飛行艇は無数で、無人だ。爆弾なんか積んでたまるか。言語爆弾。積めば積むほど、飛行艇は低空になる。レーダーにひっかからないようにすることだって、簡単だ。主語を消し、守護神だけを市民にする。市民の爆撃は、防空壕の中から自爆的に行われる。しかし、そこには小動物はいない。つまり、われわれは飛んでいても小動物の冬の買い物について、月夜の晩について、延々と爆撃できるわけだ。ダブルリズム。おれとおまえってことじゃない。ガタリは電話を切らない。耳が痛い。

わたしは電話を置いて、スピーカーホンにした。ダブルリズムは何も二つの波動が重なっているわけではない。ポリリズムとも幾分違う組織体だ。それは破滅的な存在で、自らの肉を食って、いくところまで成長する。死んでも食う。死んでも組織は死なない。喪の儀式を行う小動物は、それが終わるまで、食い続ける。中には反乱者だっている。つまり、儀式に参加しないやつだ。ちょうどお前みたいなもんだ。死んでも、食うものがなくても、ずっと歯が動いてる。ベーコンの絵みたいにな。ベーコンはなによりもペインティングじゃなくて、ドローイングをチェックしろ。つまり油の乗り具合、色の衝突よりも、彼がやっているのは、白と黒の中の極彩色だ。モノクロの極楽鳥。時間にしてみたら筋肉なんか骨と変わらない。創造なんかしたって無駄だ。破壊と創造。ああ恐ろしい。破壊と崩壊と徘徊と禿鷹だ。骨をなめる。毎日。キャンディーみたいに。犬でもなければ、飼育の行為じゃないってわかる。ベーコンは飼育の目で見る必要があるからな。ダブルリズム。抵抗しない、対抗しない、ダブルリズム。反対しかない状態。そちら側しかない。それはまるで天国だ。おれもまた天国だ。電話は天国からだって小銭さえあればかけることができる。散歩道で内的なものを探せ。最古の海で泳げ。白との戦い。すべて文字を抜け。論理的整合性のとれているものを完全な暗号文として読む。何を抜くのか。足すのか。ローマ字に置き換えるのか。これは日本語なのか。そうなのかどうかと逡巡する余裕を持つな。時間を持つな。足りない。足らない。明日もまた。忙しく、わたしには作業する時間がない。だから、おれは電話した。ガタリはあとで顔を出すと言うと、電話を切った。もう二度と会うことはないだろう。おれもまた、足の指先まで食うのだ。現に、指の爪を噛んでいる。親指の横の皮膚を食べている。指紋をどろどろに溶かしている。分泌液を飲んでいる。つばも鼻水も変わりはなく、空気だって家も町もすべて光合成とは無関係に窒息寸前なのだ。二十三世紀まで待っても、もうすべては食べ尽くされている。誰もいないのだ。つまり、誰もいない場所で書く小説としてバロウズはただ絵を描いたのだ。創造する瞬間に喜びがあったと言えるだろうか。あったのは冷たい空気。枯れた木々の思い出。惑星しか見えない夜。猿の面影。自殺しないでいれるだろうか。むしろ、それは一つの鍵。けものたちと砂まみれになって転がっていた川べりに落ちていた羽毛だ。琥珀の中に誰が入るのだ。ガタリは消えていなくなった。これは分析ではない。総合でもない。残像の少し前、今という時間の別の方法。からだが消滅する寸前の雄叫び。ならば、肉を食らって、何が悪いというのだろうか。分子など見たこともないものを言うな。さえずるものすらいない。そこにあるのは錠剤だ。わたしは飲まずにいられるか。狂わずに。冷静におかしくなるのだ。ゆっくりと冷たくなるのだ。正常に首を落とすのだ。鶏のように。水牛のように。切り傷は口を開く。「早く手を伸ばしてあっちへ行け」

『液体室』という名の、部屋にいた。実験でもない。われわれは今、ここにからだを映している。もちろん、すぐにそれぞれのベッドの上に横たわることもできる。それは各自の選択次第だ。司祭はとっくの昔に、自宅に帰った。修道院には冷凍器が並んでいる。耳をつんざくようなカラスに似た鳥が、泣きわめくスクリーンの上には水が天井からこぼれ落ちて、音は一切聞こえてこない。しかし、集まっている群衆はみな、笑顔だ。右手をあげ、声をあげている。もちろん、これも聞こえない。どれもともと聞こえない。われわれがここで書かなければ。聞くためには書かなくてはならない。波の音もそうだ。山の麓もそうだ。廃村も。城砦も。そこにはないし、書かなくてはならない。しかし、もし、それがあったら。これは事が大きすぎる。この部屋はそれを具体的に見るための部屋だ。オーディオルームとなんら違いはない。

『液体室』では実際に麻薬の実験が行われた。しかし、人々にはそこが実験室だという認識はなかった。だが、わたしは明らかに麻薬を摂取するために向かったのだ。酩酊することが目的ではない。もちろん、麻薬の反応は、筋肉の弛緩からはじまり、知覚の拡散、拡張、睡眠中であった神経中枢の一部を叩き起こし、新たな座標軸を作りだし、もはや最終的には座標そのものなどない、もしくはそこに位置するわたしなどいない。肉体はあっても、そこは洞窟にすぎず、わたしは松明を片手に旅をする旧石器人となった。わたしは眼に何も持たず、足は金属になっていた。『液体室』は一見、オーディオルーム、または人々が歓談するカフェの役目をなしていた。おそらくお茶を飲みに行くだけだった、と感じていた人間もいたであろう。しかし、われわれは完全に実験の対象であったのだ。洞窟のわたしはとても小さくなっており、手のひらサイズになっていたと友人の話でわかった。しかし、わたしは大きくなっていた。わたしは実際よりも大きくなっており、カフェスペースのカウンターにたむろする人々を上から観察していたのだ。監視塔の職員であった記憶が突如、よみがえり、掃除夫の肩を叩いたり、トイレの売人たちに向かって、ねぎったりもした。しかし、わたしが実際に見ていたものは、細部まで丁寧に仕上げられた円形の船であり、それをわたしはしばらく離れて見ていた。船の乗組員は七人で、彼らはそれぞれに特徴のある性格を持っていた。わたしは、そのうちの一人、イクという女性に魅せられ、カウンターで酒をもらうついでに、話しかけたのである。わたしの話によると、わたしとイクの上には雨が降っており、ここは屋外であるが、それはたまたまこの周波数の状態というだけで肩は濡れ、傘があってもおかしくなかった。わたしはイクに声をかけた。イクは同じ村の人間であり、わたしは戦いに出る前の祝祭の日の夜にいた。車などなかった。足にはバッファローの革がしばりつけてあり、簡単に動かすことができない。しかし、それは不便なのではなく、明らかに無数に分散していくわたしをつなぎとめるための錨のような役割を果たしていた。わたしはイクと最後の夜を過ごそうとしていたのである。同時に、わたしはトンボ、しかもそのトンボの節は現在生息しているトンボのそれよりも大きく、むしろエビに近かった。水滴は何も感じないのに、わたしは休息をする必要性を感じた。葉っぱはどれも大きく、わたしが止まったところは柵だった。海からの風を感じた。風は柵に当たると、猛獣のような雄叫びをあげた。わたしは耳を閉じたが、柵の上に止まっているわたしにそんなことはできなかった。

二つのわたしは『液体室』にいるわたしに時間を少しだけ停止させてくれないかと問いかけたが、当のわたしは、つまり、現在の時間の大部分を占有しているわたしは、イクの目を見ていた。イクは完全に、他人であるはずのわたしを見て、何も感じなかった。わたしはそう感じた。もうすでにこちらは柵からまた次の場所へ移動するために、風が樹木に呼ばれなくなる瞬間を待っていた。イクはジントニックを受け取ると、足早にオーディオルームへ向かおうとした。わたしの目は、幾千の風景と向かいあっていた。それは回転する光景であり、ボタンを押し、どれか一つと決定することもできない。耳に少しずつ音が聞こえてきた。確かにここはオーディオルームだ。わたしは液剤を飲む前に、友人と一緒にトイレでコカインも摂取していたことを思い出した。彼はわたしを呼ぶと、何も言わずに男を紹介した。男は、夜にだけ生息する人間で、ベレー帽をかぶり、顔色は悪く、アトピーのせいか皮膚もでこぼこしていた。笑いながら、彼は人差し指や中指を動かしながら、数の当てっこをしている。わたしは中指の真ん中を九十度折り曲げると、ナンバー9をくれと示した。トイレは照明が落ちていて、ほとんど見えなくなっている。彼の手のひらを見ると、そこは迷路になっていて、指紋が浮かび上がり、畝(うね)を作りだしており、円形の迷路の畝と畝の間に、白い粉末が丁寧に並んでいた。渦のような模様のため、時間が動いているように感じたわたしは、村の長から渡されていた木の実を一つ取り出した。それは自分の細胞と他者の細胞を同じ濃度にする力をもっていた。彼はよく岩場に顔を出した。砂浜がない。海に近いから漁民だったと思う。しかし、彼の家はなく、というよりも彼の家は船であった。彼は明らかに浮浪児で、わたしは彼のいつでもどこでも姿を現す変幻自在さに憧れを持っていた。彼には時間がなく、肉体は細胞と話をすればいかようにもなるのだ、という確信があった。わたしになかったのがこの確信である。わたしは夕暮れ時になると、必ず、村の誰かに呼ばれ、森の中に入った。毎日、である。しかし、呼ぶものはいつも暗闇から声を出すために、一体誰だか判別できない。声は聞いたことがある。彼はわたしに向けて、これまで自分が学んできたことを教えたいと言った。もちろん、それは毎日、変わるわけで、女の声だったときもある。それなのに、声の感触はすべて同じだった。わたしは夜が明けたあと、集落のみなと朝食を食べながら、彼らの顔を確認した。しかし、その誰とも違っていた。わたしはこれを誰かに相談するべきか迷った。結局、わたしは相談することなく日々を過ごしたのである。心臓とはまったく反対側の肺が光りだしたのはそれからのことだ。それは何かの兆候だった。

しかも、悪魔の予感がした。つまり、これが村に知られたりしたら最後、わたしは追い出されてしまうのだ。そのために、胸に刺青をいれようとした。その日の夕方、またわたしは声に呼ばれ、近づいていった。岩がいくつか重なった場所で、隙間から光が見える。その向こうは海になっているらしいが、われわれの集落は海とは面しておらず、まだその頃のわたしは海を見たことすらなかった。液体になる。声は言った。今度は年老いた男の声だった。祖父などの顔を想像してみたが、わたしは祖父が生前、一体、何をしていたのか、仕事の内容をまったくわかっていなかったことに気づいた。胸がまた光りだした。声はその状態をすぐに察知した。「お前は草の中に入り込んだ。水を透視したのか」声は聞いてきた。酒を飲んでいたわたしは理解ができなかったが、村のわたしは平気な顔で返答している。よく聞き取れない。樹木の上を飛んでいた。三つにわかれたわたしの横をイクが通り過ぎていく。イクとわたしはもともと同じ目だった。それでは歩きにくい。しかし、歩く必要もないわたしもそこにいたのだ。われわれは二人で、歩く必要のない場所にいた。まだ目の半分には水が溜まっていた頃の話だ。色でしか反応できないし、その色も限られていた。温度をわたしは探っていた。歓声が聞こえた。至るところで。スピーカーから流れていたダンスホールでの模様だった。そこに一人の男か女かわからない帽子をかぶった人間が、真っ黒に顔をぬりたくって、両手を広げている。そしてそのまま彼は、扉から扉へと動き回り、出口を探しはじめた。扉を開くと、そこには一つ一つ部屋がある。人間がいた。もちろん、ただのコンクリート塀があり、観賞用の毛むくじゃらの牛がただ突っ立っていた部屋もあった。部屋にはすべて番号が振られ、どの部屋が抜け道なのかを探そうとしている。わたしもまたその視界とつながる経路をもっており、梯子を登ると、細長いトンネルがあった。胸が高鳴っているわけではない。むしろ鼓動は遅くなり、わたしはイクを探すために名前を叫んだ。目の前にいたイクは、繁茂する樹木の垣根から顔を見せた。「同じ目だったんだ。ガラスの。黒い」イクはそれを鼻で笑うと、音楽を聴きながら、体を揺らしている。それは音楽ではない。それは旅で、われわれは体を動かすしかないのだ。その足を探し出す必要があるが、今は二人にわかれている。だからこそ、結合する必要があった。黒いガラスは瞳孔になっていて、簡単には抜き取れない。わたしは歯がゆかった。オーディオルームは電気が点灯していたときは単純な賃貸部屋に見えたが、今は照明も暗く、いくつかの道にわかれていた。われわれはそれを選ぶことができる。強制的に自由な状態のまま、靴は脱げと命じられた。誰に？

森の中の声は、わたしの胸に手を当てると、つかむような仕草をした。すると、わたしの体から分泌液のようなものが放射状に飛び散ったのだ。しかもその水滴は光っており、ここは雨が降っていたはずだが、むしろそれは晴天の太陽の光だった。「世界は空間じゃなくて、光量に従って、姿形を変える」老人はこちらをきっと見た。目だけが浮かんだようにこちらを捉えている。これから教えるのは船の漕ぎ方だ。川を見たんだろう。それは海じゃない。どちらかといえば、池に近い。人工の池だ。だからといって侮ってはいけない。生き物は息をしているし、虫は常にこちらを狙っている。

　わたしは旅人だった。正確に言うと、旅人でもあった。老人はわたしの前で手を広げると、右胸にあてた。「これが心臓だ。世界はまるで鏡みたいに逆さになっとる」わたしは顔をもった一人の人間、そして、その光るものを探す冒険家であったが、同時に櫂でもあったし、船の先端でもあった。さらに、船が作られる以前のローズウッド、その木を切る鉈（なた）の先端。鉈をつくるための海沿いの湧き水。そして、きめ細かい砂。そこで溶かされた不純物の入った溶けた鉄。鍋や釜をつくる女たちの白い布。実際に彼らの汗の一粒であり、わたしは彼らの集落にさえ入りこんでいた。川を進んでいた。猿がこちらを見たが、わたしは木の上からわたしを見ていた。船のことも見ていた。生きるローズウッドでもあった。どちらでもあった。水滴でもあり、われわれが川であるという意識ももってしまっていた。草は水面で揺れて、太陽を見ていた。太陽もわたしであり、太陽にまで至る、見えない通路、その大気すべても、わたしは自分である、もしくはすべてがわたしではなく、すべての粒の目をもっている、何者か、であることを感じた。それは叫び声に似た音に近く、しかし、イクはそんな声など聞かず、相変わらずスピーカーからのせせらぎに耳を傾け体を揺らしていた。つまり、そこには一つ一つがあり、そのどれもに三つの風の動き、八つの塔、十三の方角、完成されることのない無数の石段があった。そのどれもが違う形だった。わたしの目には同じに見えた。しかし、また次のわたしにはまるで違うものとして現れ、わたしは以前のわたしを完全に忘れてしまった。ここに書いているのは、そのすれ違った瞬間の風速にすぎず、それはわたしが見た景色ではない。風景画家にはなってはいけない。わたしは繊維のようで、溶けて、すぐ蒸発し、擦り合わせると、電子を発生する村の中の住人にすぎないのだ。関門ごとにわたしは、無数のわたしになり、われわれとは別の存在になった。それはわたしというものの中に見つけた群れだった。群れはわたしの中にあった。しまいにはわたしから漏れ出し、もはやそれはだだ漏れする湧き水とわたしに何一つ違いがないまでに、空気のように滑らかになったのだ。川の遡行だけに関門があるのではなかった。チェーンソーを持つ、ローズウッドを切り落とす男の苦悶、それもまた一つのわたしの宇宙となり、そこにはいくつかの惑星も発見することができた。発見したと喜んでいる間はまだよかったが、それはなかったものを発見するということではなく、もうすべてであるという状態が体の底からあふれてきた。そのとき、わたしは右胸の光と、そこで起きている大洪水に共通点を感じた。その都度、わたしは変化し、その都度、発見、気づき、思考などという行為から離れていった。それはわたしが考え出したものではなく、かといって自然すべてがそのままにあるということからもかけ離れていた。時計はあったが、それは時間を計るものではなくなっていた。円もあったが、進んでも進んでも元に戻ることはなく、それがスパイラルに上昇していくわけでもなかった。わたしは川を進んでいた。いくつか小屋が見えた。いくつか生き物が見えた。生き物の鳴き声だけのときもあった。むしろ、姿が見えない気配、のほうがよりリアリティを感じて、迫ってきた。彼らのほうが生きている。彼らのほうが血液に見えた。わたしはその都度、変更を迫られた。川は一本道ではなかったのだ。いくつかの支流があり、しかし、同時にわたしはそのすべての行程を体験することを課せられた。行っては戻りしていたわけではない。進んでいると、時間すら遡りはじめ、わたしは人間がいない場所、時間まで到達したのではないかと焦り、手帳にメモをしようとした。その瞬間、持っていたものはすべてそれぞれの物質に還り、彼らもまたわたしのような川を進み、どこかへ戻っていくのだった。手帳もまた生まれたときに泣いており、その瞬間の喜びと恐怖までがわたしの右胸には差し迫ってきた。わたしは溺れそうだった。溺れてもよかった。死ぬことを恐れている場合ではなく、救命動作ではなく、わたしは気象のようになっていた。わたしは雲を見ては、自分が進む地図を確認した。そして、また雲はそれぞれの山へ、雨へ、雷へ、人々の口へ、動物の内臓へ、わたしを運び、わたしは体を切り刻まれ、もう二度と出会うことのない、右足となんどもなんども別れの挨拶を繰り返したのである。

多様体は、多様性とは完全に区別するべきだ。なぜなら、それは一つの観測点からの視点での多様性にすぎず、わたしは常に雲であったし、川という前に、水滴になり、それは地面の中に滲み込むや、あらゆる微生物の誕生と付き合わされたのだ。ここでわたしが感じたものは、多様性、可能性、など〈性〉を持つものは、死ぬということである。わたしの中ではすべてが崩れ落ちて、消え去ってしまった。一方、わたしの多様体は、いまだに、どこまでも滲み込み、電導し、変化を遂げ、関門をくぐり、あらたな変更を求められ、外科手術など不要のまま、つまり、痛みや恐れなどからかけ離れた場所で、今もまだ変貌している。つまり、この状態は死ぬことがないのだ。もちろん、わたしはまだ変貌の最中である。だから、断言することはできない。しかし、いまだわたしは死を目の当たりにしていない。ここにあるのは、永遠に折り広がっていくのは、命などではなく、その変貌であり、つまりあらゆるものすべてである。わたしはもはや今、わたしではなく、まぎれもなくわたしである。ここにあるものすべて。しかも、見えるものは幾千、幾万、幾億のわたしの変貌の一つの見方にすぎず、その変貌は、いまだに続き、あらゆる風景、観念を超えて、一つの体なのだ。間違っても円形でも球体でもない。移動は移行、変遷となり、あらゆるトランジット、空港のモニター画面が頭の中で次々と増殖していくように、わたしは何かを観察しようとしている。しかし、その目的、川の終着点はない。それは止まるものではなく、川の源流にたどり着いたら、わたしはそのまま地面に滲み込み、雨と共謀するだけであって、円環を通り越す。

しかし、それでもわれわれはわたし、という言葉を使う。それは自我ではない。それは一つの扉というよりも、無数の扉、そして、それらの扉に入ることができるロビーに近い。「わたしは川である」ということで、川とは別のものだということを示している。そこに流れている川、ではない。むしろ、その川に対して、その固定した自らの網膜に問いかけ、同時に川を構成する要素すべてに、わたしを与えている。それは無数のホテルが、フランク・ゲーリーの建築よろしくぶつかりあい、侵食しあい、ときには流星のように斜め上方から突き刺さり、地下の食堂を貫通する。あるホテルのエレベーターは破壊されようが、延長しつづけ、曲がりくねり、あらゆるエレベーターとなったり、結合したりする。それはもうすでにホテルではなくなり、川だ。エレベーターには水の分子がカップルで現れ、クリスマスのデコレーションを上から眺めている。その性愛は、水面に落ちる枯れ草のようでもあるし、水面に到着しない水生昆虫の脂ぎった足なのだ。わたしはコピーであり、同時に川となったホテルのエントランスからの眺め、外の雑踏、路肩は、わたしの予感であり、つまり境界の予感である。つまり、わたしは断絶しつつも、連続し、いくつもの絵葉書の風景、目で見た瞬間に到着した雑踏の声をもよおす。新しいわたしとロビーで出会うと、ロビーの建築空間はさらに変貌する。しかし、それは成長でもなく、改築や、都市計画の概要書とはまったく違う別のものなのだ。わたしというロビーにわたしを見つけたわたしはつい声をかける。それは偶然ではなく、郷愁でも、性愛でも、好奇心ですらない。それは同じ体の器官のように、かゆくなった背中を、右指に伸びた爪先でひっかくようなものだ。そこでわれわれはロビー横のカフェで、新たな契約を交わす。ロビーを行き交う無数のわたしは、人間からけものへ、人間とけものから水の分子へ、水の分子のカップルから飛び出る香料の微粒子へと向かい、ついには見えない、聞こえない、触れない、舐められない、思い出せない、言葉にできない、あの状態にたどり着く。ロビーはもはや三次元空間にはおさまりきれずに宇宙ホテルとなる。無数のわたしは、もはやわたしではなく、そこには戸籍、身分証明書、マイナンバーで規定されているわたしとはまったく違う存在になる。もちろん、警察はその肉体をしばりあげ、留置所、独房などに閉じ込めることもできる。しかし、無数のわたしは無数の機能をもった戦士だ。たとえ口を閉じられようが、水の中で窒息させられようが、どこにも空気はあるし、声はなにも声帯を鳴らすだけの音楽ではないのだ。音楽は別のところにある。われわれは今、そこへ向かおうとしている。手錠をかけられた状態で。作家であり挿絵画家であるヘンリー・ダーガーは、そのロビーの描写を浮かび上がらせようと、独房にいた三十年間の時間をすべて使い、三百枚の極彩色の巨大な挿絵、そして十五万ページもの文を書いた。戦士は魔法使いであり僧侶であり武道家であり遊び人であり勇者でもあるのだ。ヘンリー・ダーガーが書いた「非現実王国」はそんな彼の無数の機能によって、小説家、哲学者、軍事書記官、土地測量者、挿絵画家、保育士、建築家、彫刻家、昆虫研究者、幻獣使い、魔術師などに変貌していく。そして、彼のホテルの概要図、平面図、断面図、立面図、配置図を三次元よりも高い次元で完全に分裂した状態で描き、一個の矩計図として、われわれにこの現実の中で表している。この変則的な機械は、川のどこまでも遠く、源流、源泉からさらに行った、見えない川のその延長線上に隠されている。それは無数の機能をもった戦闘型の立体的タイプライターの形をしているのだ。川に流されているわたしを、川になったわたしの水面を、水の分子を突き抜け、わたしをどこまでも引きずり、あの源流へ、おそらくは完全な虚無であろう、あの源泉へと連なる川の流線……。

このような変貌には矛盾がある。しかし、矛盾には一向に頓着せず流れるのだ。人間だったわたしが、あらゆる動物になりかわり、植物の恋愛に奔走し、果ては水の分子、そのクリスマスイブ、その精液から漏れ出るほのかな香りの微粒子を想定するだけでもすでにやりすぎなのだ。実際はそれらは無数のわたしによって行われている。わたしのロビーの中の無数のわたしと交差するたびに、改装中という張り紙さえされず、まったく気づかない間に行われている建築の結果の、新たなロビー、そして、その上階に広がる、無数の扉としてのわたしを開けた先に見える、趣味のいい調度品が落ち着いて並ぶ無数の部屋。それらは林立しているのではない。隣という概念もなく、重力からも自由になって、上、下、斜め、表、裏から楽に突き抜けていく。そこにはもう外はなくなっているし、風は当たらなくとも、完全に外になっている。ホテル街などというものもなく、それは星雲状に建ち並ぶのだ。そこで起きることは神にすら予言することもできず、予言よりも前に記憶が、しかもデボン紀に感じた直感が、そのままページをめくると現れてくる。人間はそこにいない。もはやけものすら。花すらない。そんなことがありうるのである。無数のわたしは、無数のあなたと陸続きであるのか。次にこの思考に取り組む必要がある。それは一個の運動体になりうるのか。そのホテルどうしの動線はどこにあるのか。経路案内は？　誰にもわからない。もはや道はどんづまりで、わたしはガイドブックをもった一観光客になりさがるのか。それとも、無数のロビーの中で話せるわけのない言語しかもたぬボーイの前で、払うこともできない硬貨をポケットから取り出そうとして、落とし、大理石の床に落ちたときの無数の音色に体を完全にひたし、後頭部から床に大の字になって倒れ、出血し、消滅し、滅亡し、まわりの無数のわたしから、なにやらわけのわからぬ人、と忌避されてしまうのか。

いやだ。そんなことはぜったいにいやだ。いやだと言い続けろ。そんなことはいやだと暴れるしかない。血みどろになろうが、まわりに馬鹿にされて狂犬に嚙みつかれようが、われわれはいやだと言うしか、道はないのだ。そこは本当にどんづまりなのか。そこを掘ることはできないのか？　プラスティックのスプーンで。あのコンビニエンスストアのプリンの、杏仁豆腐の、あの人工物を食べるためのあの手渡される無償の柔らかい道具で。われわれは無償の戦士なのである。報酬などいらぬ。なんの役にたつ？

目の前は危険どころか何もない。逃げるどころか道がない。敵すらおらず、何かをする必要もない。しかし、それでもスプーンをもち、土にも石にも見えない、その眼前の壁を、もはや見えているのかすらわからなくなっている津波のための防壁を、無謀な公共事業を切り抜けることも常に可能なのだ。まずやることはノックだ。その立ちはだかっている壁を友人宅の木の扉でもあるかのようにノックせよ。インターフォンがあるのならそのボタンを押してみればいい。しかし、おそらくもう電源は消滅しているだろう。だからこそ、ノック。あらゆる可能性を信じることなく、逃げることすら考えず、敵の大きさ、戦闘能力、自らの武器、盾の性能、薬の有無などまったくそっちのけにして、ひたすらに日曜日の、時間すら超えて、昼寝でもしているように、あの白昼夢、夢遊病の遊びの一種であるピンポンダッシュのように、天国の扉をノックするのだ。

そのときまた電話がかかってきた。あらゆる電話は間違い電話なのだ。「カラオケボックス『見れん』はなんで潰れちゃったんですか?」女の声だ。女は錯乱していた。つまり現実との距離を測定していた。このようなことが起こる。それは叫びなのだ。それは人間ではない。それは絶滅しようとしている動物の最後のうめき声なのだ。死にゆく動物なのである。それは言語のふりをした、擬音、叫び、雄叫び、プライマルスクリームである。『見れん』がなぜ潰れたのか。いや、実際には潰れていない。カラオケボックスは洞窟であり、そこに壁画がある。壁画は炎が揺れたときにゆらめく。そこで動画が発生する。マイクロフォンの残響音を全開にせよ。そして、まだ見ぬ仲間たちを集結させよ。祭りだ祭り。わたしは叫びながら、女に命じた。錯乱こそが、変貌の証で、それが矛盾しているだの、分裂しているだの返答しても意味がないのだ。それは二次元の影であるわれわれが、エビアンって何なの? 炭酸入りって? と隣の影に詰問しているようなものだ。隣の影! われわれはどのようにして隣の影を見るのだろうか。風呂場のカーテンにくっついた水滴は、一切、そのカーテンから飛び上がることができないというのに。永遠に散歩にいけない水滴になるな。そこで会話をしなければいい。影であることを忘れればいい。波になればいい。声を声として認識するのではなく、カーテンから脱皮し、町へ繰り出す水滴の振動になったわたしは、カラオケボックスにいた。女はそこで泣いていた。電話口で。錯乱を正すな。同時に錯乱を一つの平面であると認識するな。錯乱は蝶番に近い。それは常に状況だけで変化する。しかし、それはいかにも平面の形をしているのだ。錯乱を見せるのは常に動物である。しかし、多くの動物になった人間。もしくは人間になりきれない動物たちは、この錯乱状態のまま病院へ連行される。たとえそれが自分の足、自腹を切っていたとしても、連行なのである。連行とは、従うということだ。従う行為すべてが連行である。連行から脱獄せよ。そのためには了解しないこと。現実だけでなく、あらゆる空間を自らの拳を柔らかく当てながら、ぐりぐりと拡張していくしかない。それはできないことではない。逆にできてしまうことがまずいのだ。できないままでいる。できないできないできないできないと連呼すること。連呼は一つの防御である。錯乱の前の火種である。まず連呼すること。ありもしないことを口にするな。それもまた罠である。そうでなく、カラオケボックス『見れん』を探せばいいのだ。それが実在するかどうか、初対面の人間にそんな電話をするのかといった教育的疑問にはまったく意味がない。それは常に、この現実で使われている、連行する装置のコードにエラーがないことを確認する行為にすぎない。そんな電話は切ればいい。つまり、電話は情報交換装置ではない。むしろ売人たちが扱う携帯電話の使い方こそ、本来の電話である。盗聴して理解されないこと。かつ暗号化されていないこと。「埃ってどこからくるんですか」女は最大音量で掃除機をかけている。それでも聞こえるのだ。声は意味を伝達するのではない。女は埃が、われわれの肉体からでる塵ではないことを知っている。それは風に運ばれてくるのでも、部屋にある家具や衣服から漏れ出てきているのでもないことも知っている。埃は脱獄してきたのだ。どこから？　影から。埃は三次元に生きるわれわれが三次元に生きていないことを示している。四次元からきているると言っているのではない。一足す一は二からそろそろ脱却しなくてはならない。わたし、は、ではない。わたし埃カラオケボックス女洞窟である。そのすべてである。景色を区別しない。風景を鑑賞しない。光景に溶け込む。埃を食べる。あらゆる作業の可能性がある。それは錯乱という蝶番で測られている。飛び込むことは難しい。それは確かだ。重力がある。それもまた真である。女は別人だ。他者だ。それもよかろう。しかし、頷くと、了解すると、相槌を打つと、われわれはエラーチェックの器具になる。トライアンドエラー。実験と勘違い。言い間違い、聞き間違い、誤字脱字、捕まることのない冤罪を繰り返すこと。壊れたロボット。ロボットが奇譚を書くことができるのか。教育的疑問と書き直し、その後の経験的進化をするロボットには不可能だ。それは文であり、コードにすぎない。しかし、壊れたロボットには介護が必要になる。そこには錯乱を見出すことができる。人間ではなく、壊れたロボットになること。戯言をいう機械。女は堕胎していた。声を失いかけていた。死んだほうがいいんです、死ぬべき人間なんです、と死にゆく動物は口にした。日本語をおぼえてしまった。動物は壊れたロボットになったにもかかわらず、人間であると言った。それを是正してはいけない。そのままに、死ぬしかないと思います。それでしかないし、それ以外に方法はない。われわれは女に対してそれを名誉なことですらあると言った。よくぞ、人間になれなかった、のである。拍手が鳴り響き、女は錠剤を手にしていた。しかし、そこで女は怒り出した。それは救いではないと。救いなどない。電話には。救いもまた情報交換にすぎない。疑問に解決を求めてはいけない。それよりも、腐る肉体のまま、歩くこと。自らのもがりを実践すること。女は怒り出し、洞窟から抜け出すと、文法的な会話をはじめた。錯乱に錯乱をぶつけるとこのようなことが起きる。独り言をいう人々に声をかけよ。彼らは見えないスクリーンに向かって、そちらの戦争の渦中にいる。助けるのではなく、同じ場所に立つ。防空壕を探すのではなく、戦争記者の同僚になる。走れ、撮れ、メモをせよ。その動きつづける不透明の馬の動きを描写せよ。わたしは言った。しかし、女は文法的に嘆き始めた。生の翳り、生の嘆き。人間的迷路から脱獄していたはずの錯乱の女は、カラオケボックスの場所を二人で這いずり回りながら探し当てた途端、中に入るのを拒否し、人間的な嘆きに転向した。転職、復職。永遠に休職すること。永遠に抱擁すること。前屈みになっていた女は、体を起き上がらせ、まわりをきょろきょろしている。これ以上いくと臨床状態に陥る。それは自らの病ではなく、病のコードだ。盗聴だ。病のコードからの脱却。病の自己生産。需要と供給の虫。湧き水への転職。誰かだけ、ある特定の階級からの需要ではなく、あらゆるすべての生物、大気、天体、鉱物、水分、胞子たちからの需要に応えること。わたしは戦場を離れ、スーパーの店員に戻ろうとした女の手を放さなかった。何をするんですか、家賃を払わないといけないんです、わたしはまともになりたいんです、お嫁さんに、こどもを、仕事を、やりがいを、生に価する生きることを。ここに何がある？　ここには工場もなければ、同僚も、小銭も何もない。女は酩酊している。酩酊するな。明晰夢としての現実。われわれの現場はもうすでにここにある。なぜ文法を？　捨てろ、それは爆弾だ、アルミ缶、清涼飲料水のふりをした、小型爆弾だ。わたしは女が手にもっているものを奪い取ると、川に投げ捨てた。電話が切れた。医術でも詩でもない。アフォリズムでは決してない。しかし、なぜある種の文はそれを読むだけで、戦闘態勢に入ることができるのか。それを創造と簡単に呼んでいいのか。それは、わたし、の、絵なのか。本なのか。歌なのか。わからないわからないわからない。わたしは女に取り込まれていった。もう電話はない。川底にある。賠償金もなければ、告発もない。しかし、糸もあれば、紙もある。波を起こすには十分だ。人々が決して口に出して言わないことだけを。沈黙を。「肘を置くと三角形、立っているときは神殿に、前屈みになると尿の曲線、まったく違う場所から遠く、黙ったパーシヴァルは、いくつもの手に囲まれて、そのまま破裂するように、突然水が飛び出したホースのように、床の上に倒れ、そのまま埃となって、外出していった」ヴァージニア・ウルフは『波』において、常にこの戦場から離れようとしない。それは海の要請であり、内臓からの注文であり、川沿いの前頭葉が、陸にはじめてあがったときを連続写真で表した写真家、モリーヴィッツの臨界をさらに超えようとした。最終的に彼女は自殺するのだが、果たしてそれは破局なのか。そのことについてわれわれは常に考えなくてはならない。しかし、考えてはならない。

クライストは『拾い子』において、武器の発見の瞬間を描いている。武器はどこにあるかを指し示している。巨漢のピアキは寄宿舎で同級生から執拗な攻撃を受けていた。その攻撃は日増しに複雑化していった。ピアキと同じ村の出身であるニコロは明晰な男であったが、明晰すぎた。愚鈍もまた重要な木の実なのである。生徒たちはテスト用紙を受け取るために教師の前に並び列をつくっていた。受け取ると、席につく。ニコロは百点満点であり、その完成度から一つの隙をつくりだした。周囲の女たちはニコロの明晰さに衝撃を受け、男たちはこんなつまらないものに力を出しているニコロに敵対心をもつが、ピアキのように、攻撃する対象にもならないために、歯ぎしりしている。ニコロは喜びを露わにし、両手でガッツポーズをしながら、席に戻ろうとした。その帰り道、ニコロはピアキを攻撃していた戦闘集団のボス、ボルチヒの横を通り過ぎた。そのときである。ニコロはおもむろに肘を後ろに突き出すと、円弧を描きながら、高速でボルチヒの顎を急襲したのだ。それはあまりにも早く、攻撃がおこなわれたことすら、はじめは誰も気づかなかった。しかし、ボリチヒが気を失い、学習机に顔面から倒れ落ちると、教室内は騒然とし、教師はニコロを標的にした。ニコロは止まることなく、さらに倒れ落ちたボルチヒの後頭部を肘で重力とともに二発杭のように打ち込んだ。鈍い音だけが鳴り、沈黙に近かった。ピアキすら何が起きているのかわかっていなかった。ニコロはピアキとは別に仲が良いというわけではなかったのだ。それは戦略でもなければ、逆襲でも復讐でもなかった。目には目をでもなく、ただニコロによる肘だった。ボルチヒは完全にノックダウンし、さらに口からはよだれだけでなく、黄土色の奇妙な液体まで垂れていた。白目になり、舌を伸ばしたままいびきをかきはじめた。危険を察知した教師はニコロを止めにはいった。しかし、ニコロは完全に生徒を逸脱しており、教師の力ではなんともならなかった。さらにボルチヒの部下たちが詰め寄り、どうにか五人がかりでニコロが教室の外に出されたが、ボルチヒは異常事態に陥っていた。ニコロはさらに人差し指と中指の中間の骨を使って、部下たちの鼻筋に食らいついた。すべての握力をそこに集中させた。部下たちは泣き声をあげながら、逃げ出した。教室にはなんら武器がない。しかし、ピアキは戦時下にあった。教師に何度か相談しているピアキの両親の姿も見ていた。しかし、言ったところでどうにもならないことがある。言ってもわからないやつには武器で立ち向かうしかない。ニコロはただ独り言を言っていたという証言もある。ニコロは呼び出され、最後のシーンでは彼の独白が三十ページ延々と続く。そこで、彼は武器を発見した瞬間のことを恍惚とした目で、教師に語りかけている。「別にやる気はありませんでした。ピアキは同じ村ですが、かといってそれでぼくの村がバカにされたと思ったわけでもありません。動機は何もないです。ボルチヒとは話したことがありません。嫌いでもなんでもありません。ただ関心がなかったんです。ピアキにも。そうです。ピアキにも関心がありません。ぼくは誰にも関心がないのです。関心があるのは関係です。教室の中の生徒一人一人にはまったく関心がありませんが、彼らの関係性にはひかれるものがあります。誰かが攻撃され、それをみんなが黙認している。教師という階級に、家族単位で陳情を出しても、ピアキの両親と教師という年齢関係では一度、謝罪、修正などの言葉が出るのですが、ああ、確かにぼくは盗聴してました。職員室は中庭とつながっているので、その茂みに隠れて、糸電話を勝手に仕込んでいたのです。それであなたがたは了解してます。問題を認識してます。しかし、それもまた関係です。関係とはなくてはならないものですが、あればあるだけ、余計に複雑化し、どうでもよくなるのです。問題ではなくなるし、解決など永遠にありえないのです。しかし、それもまたぼくにはどうでもいいことでした。ぼくは自分の世界があるし、そこで生きている。教室の中にいてもその関係の中にいたとしても、特徴を出さず、そこでよしとされているものに秀で、沈黙を保てば、関係なき関係の中にいることができます。それはぼくの攻撃でした。しかし、あの席までの帰り道、ぼくは草の道を歩いてました。それはずいぶん昔の道でした。舗装もされてない道。もちろん教室の中です。導師がやってきました。いつもぼくに新しい道を、やり方を教えてくれる師です。師は言いました。武器を持て、と。その武器はどこにある？　とぼくは聞きました。師は黙ってました。このまま道をまっすぐ歩け、そこでお前は武器を手にする、と言われました。別にどんな武器だとか、形や使い方はまったく教えてくれません。ぼくの師は、いつもそんなです。それでぼくはぼうっと帰ってました。教室ではもちろん、百点とりました。いつもの決まり切った狩猟です。家畜を殺しているようなもんです。それで喜んでいるようなもんです。ぼくは退屈しました。退屈は重要です。それは遊びを生み出すからです。そのとき、体がうずきました。それはぼくのうずきというよりも、機械が雄叫(おたけ)びをあげているような、ぼくと違ううずきでした。錆び付いているのではなかったです。ただ見えなかっただけで。発動してなかっただけでした。充電はまだ残ってました。赤くランプが灯って、突然、ぎゅーんって音がしました。それは骨でした。ぼくの中では。教室の中では肘でした。ぼくは肘をまげると、その先からかなり鋭利な突起物が飛び出しているのを確認しました。自分が何かマシンになっているような。自分が武器になった。武器はどこにもなく、買うものでも、もらうものでも、磨くものでも、訓練でもなく、その鍛え上げた筋肉などいらず、ただそのぼくだったのです。ぼくは完全な武器でした。ぼくは筋肉はいりません。すべているならあげます。ですが、骨は、消えません。骨が武器です。ぼくは骨です。骨という武器でぼくは完全に武装してました。ぼくは常に武装していたんです。ぼくは戦闘マシーンです。標的はなんでもよかった。しかし、それでは戦争は起きません。ただの無差別攻撃ではだめです。ピアキがやられたような理由を探そうとしました。ピアキを思い浮かべたら、ボルチヒが思い浮かび、思い浮かべたときにそこにいたのがボルチヒでした。それがピッピロだったら、ピッピロを攻撃していたはずです。そこにいたのがたまたまボルチヒで、同じ村のピアキを攻撃していたのがたまたまボルチヒだっただけです。ですからボルチヒには罪はありません。関係はあります。ボルチヒの関係が、その気絶と嘔吐を生み出した。ぼくの骨はそのための扉にすぎません。もちろん、骨が欲しいならあげます。これは無償の行為なのです。ぼくは誰からも依頼されてません。意志をもって攻撃したわけでもありません。ぼくと導師との関係であり、ぼくの世界の関係が表に、教室に、滲み出ただけで、別にとり変わったわけではありません。ご心配なく！」

ニコロは瞑想するように言った。それは出来事ですらなく、彼の呼吸だった。報酬のない戦士になったニコロは、別にいじめ問題に取り組んだわけではなかったのだ。そこには報酬が存在する。どんなことでも、現実には「いいこと」と「悪いこと」がある。ニコロはそれを一切、考えていない。ニコロが考えているのは導師との関係だけである。つまり、それは目的がない。技術向上でもなければ、道徳的な行動でもない。行動ですらない。ただの変貌である。ニコロは骨になったのであり、武器だったのだ。元から。ずいぶん前からと言っているわけではない。それはボルチヒの目の前で起きた。しかし、そこには太古の、舗装されていない頃からの、積み上げることができない時間がある。それでニコロは武器になった。そこには通貨は発生しない。経済は存在する。しかし、本来、経済とは関係だけで、得とか借金などはないのだ。ないものをあるとするとき、ニコロの行動を道徳的に捉えようとしてしまう。しかし、彼に手加減はないのだ。無償の戦士たちはこのようにして、内部の関係を完全に崩壊させてしまう。しまいにはピアキや彼の両親からもニコロは弾劾されてしまう。ニコロはもともとこの関係の中で不透明で非正確な存在であったため、それにも頓着しない。矛盾律は彼の中で迷いの原因を生み出さない。何も生み出さない。これは創造ですらない。そうではなく、完全に武器になること。武器だったこと。それは感情とは切り離して考えるべきだ。感情は労働しか生み出さない。ニコロは非感情である。しかし、その非感情がマグマ化している。非感情のたかぶり。それは残酷だ。しかし、そこからでなくて、どうやってわれわれはこの道徳的なコードにエラーを作りだすことができるのか。まず残酷であること。骨になること。武器だったこと。無償であること。何かを求めるどころか、その感情が存在しないこと。非感情の武器。

シュルレアリスムは明らかに間違いである。あれには思考はない。ロートレアモンの誤読をそのまま放置し、それを一つの機関にしている。しかし、それはもうどうでもいい。誤読からしか生まれない。それもまた真だ。しかし、誤読は機関にしてはいけない。誤読は機械である。ただの役に立たない機械だ。機械を連結するな。機械はただそのままで野に放つべきである。機械はわけもわからず、動き回り、ぶつかり、人の波に分け入り、ときには傷つけ、殺戮を起こす。それを防ぐために機関にしたり、連結させるのでは、また元に戻るだけであり、誤読の正当化にしかつながらない。誤読は永遠に誤読である。しかし、それは生まれるためのものであり、それはまったく矛盾している。矛盾は機械の一人立ちを生み出す。そこに人間は介在しない。

人間ではないものになるだけでなく、介在するものも持たない。他者を持たない。ブルトンはそれを完全に見誤っている。しかし、彼一人の機械はまだ暴れまわっているのである。常に人間はそのようにして、多数のものとして、多数の影、いくつかの植物、水たまりに映った景色としてみる必要がある。不透明な紋章を見逃してはならない。それはなんの権力ももたない。もてない。しかし、あることはほのかに感じる。永遠に見えない。見ることができない、のではなく、見ようとすら思わない。勲章はないが、紋章はある。紋章を探せ。それは機械の形をしている、植物の形をしている。つがいであることがある。四面体である可能性もある。八次元の音楽と同期したりする。波はきた。それで逃げるか。そのまま当たるのか。波の中を走るのか。船はそのまま波に向かう。果たして、芋虫が蝶になるのか。それは同一体なのか。そうではない。蝶は、もうすでにいるのである。それは芋虫になる前に。そこにいる。至るところにいる。おれはシュルレアリスムではない。それは、ある。それに、なる。サナギが蝶になる前の成長なのではない。そうではなく、芋虫の中にすでに蝶はいるのだ。サナギが液体になるのではなく、あれは溶かされているのだ。メルトダウンが起きている。誰によって？　なんのために？　誤読は注意して行う必要がある。それは自動筆記では実現できないのである。これが自動筆記であるとどうして言えようか。わたしは光景を見ている。それだけだ。われわれが光景を見るとき、それが自動筆記であると言えない。それはただの行為ですらない。もはや早すぎて、時間が流れていることすら忘れてしまっているのである。つまり、速度。しかも、それによる遅延、ディレイ。もしくは停止。それはすべてイリュージョンである。確かにそれは幻だ。しかし、蝶はもしくは蝶をつくりだす、『超』蝶は、まずここにいる。それは知覚することはできない。それは生命ですらない。それは細胞ですらない。それは分子ですらない。それは記憶ですらない。それは何か？　それは何者でもないのだ。では幽霊か？　死んですらいない。生まれてもいない。生まれる前の政治がそこで起きている。それはいくつかの存在ではなく、工程である。それは、もともと離れた場所にある。遠くにある。距離がある。しかし、それは『超』蝶である。それがイリュージョンである。縄でしばって水中に放り込まれた男が、遠く離れたトラックの荷台から飛び出てくるのは、イリュージョンではない。あれは魔術ですらない。それはエラーのない矛盾のない労働である。つまり、それは本来、存在するはずのないものだ。われわれは存在しないはずのものをイリュージョンと呼び、存在させている。矛盾のない場所ではこのように誤差が調整されている。なかったものをあると見なさないと〈計算〉できないのだ。しかし、『超』蝶は違う。まず見えない集団は芋虫を見つけ出す。芋虫に一つの呪文を唱える。芋虫は存在を認識する。意識をもつ。本能をつくりだす。本能はもとからあるものではない。それはつくりだされるものである。工場で生み出すものだ。芋虫はそこで形を帯びる。誕生する。誕生の前にさまざまな工程があるのだ。それは存在とは別の方式でそこにある。芋虫はせっせと餌を食べる。しかし、それは自分が成長するためのものであるように本能はセットされているが、実際は『超』蝶による呪術である。芋虫は太る。ぶくぶくと。そして、いよいよサナギの状態になる。それは完全成長へと向かう準備期間。モラトリアムである。このモラトリアム下でサナギは固体から液体に変動する。それは大きな生に向けての準備であり、大人の階段登る作業であるイリュージョン。つまり、実際は『超』蝶による、本能の停止、つまり、肉体の排除。芋虫の終焉。仮の存在という状態からの逸脱。芋虫はそこで死ぬのではなく、本能が完全に停止するのだ。芋虫はその後、蝶になったと思考する。つまり、芋虫も確かに死んではいない。そうしないと、また彼らの円環は継続していかない。しかし、『超』蝶たちはその円環を軽く飛び越えていく。苦悶もなく。完全に溶け、成長に向かう芋虫という次元があるが、その円環から遠く離れた加速度運動をもった『超』蝶は、決議したとおり、メルトダウンのボタンを押す。それは放射能の拡散に近い。芋虫は被曝し、そこで役目を終える。もちろん遺伝子コードでみれば、すべての細胞、ＤＮＡは芋虫に属している。しかし、それとはまた別のコードがあるのだ。彼らは会議を行う、しかも高速で。時間よりも早い状態で、決議する。だからこそ、われわれは系統変化や進化、成長痛などを信じ込んでしまう。その前に呪術が関与していることはまったく放置して。それは問題ですらない。誰も話題にしない。それでいい。『超』蝶たちの目的はそこにある。もっと深いイリュージョン。ポロックの作品『五尋の深み』に見える、林立する遺伝子の先の集団の予感。ポロックはそれを見た。ベーコンは生きることを選んだ。見すぎると、まずいからだ。ベーコンは「ポロックは参考にならない、それよりもミショーだ」と言った。しかし、果たしてそうだろうか。わたしはポロックが破局に至った、崩壊したあの呪術に魅せられている。むしろ、そこにしか、解決を超える、円環からの脱出はないのではないか。修正、調整、閣議決定、成長痛、話し合い、恋から愛へ、愛から家族へ、その共同体、タブー、正義、本音、でも実際のところ、おれらはわかってる、みせかけの世界と、おれわかってる世界、そういった円環を延々と続けても、ただのシュルレアリスムで終わってしまう。シュルレアリスムこそ国家だ。そうではなく、遺伝子の先の機械。『超』蝶。あの完全に麻薬で浸した人体、その非感情、それがあらわに、むしろそのままに、空を飛んでいるあの蝶は、決して蝶でもなければ、間違っても芋虫ではない。彼とはなんら関係がない。それは変態、メタモルフォーゼという円環を示す言葉で片付けてはならない。その先の集団を標的にせよ。むしろ、彼らと結託し、彼ら自身になれ。『超』蝶を芋虫にして、サナギになること。『超』蝶をメルトダウンさせること。そのボタンを押す勇気をもつこと。そして、極彩色の狂った羽をふりまわし、町中を走り回ること。ポロックはそれをやった。彼は死んだのか。彼はいつでも芋虫でいる。寄生する前に寄生すること。遺伝子の先に寄生すること。宇宙に飛んでも仕方がない。

ロケットランチャーを振り回すこと。ドロッピングペイントのように、ペンキをそこらじゅうに落としながら、ポケットから滲み出させながら、靴の底から垂れ流しながら、歩くことである。歩くこと。幅と濃さをもって歩くこと。蝶を見て、泣いたのは、その美しさに恍惚としたからではない。むしろ、われわれの目論見の予感を感じたからである。芋虫を探せ。メルトダウンさせつつ、変貌し、けものになるための、仮の〈存在〉という誕生を探せ。われわれにはもともと肉体がある。見えなくともある。生まれなくてもある。誕生は芋虫に任せ、極彩色で飛ぶための麻薬を探せ。そこにはない。ここにもない。それでも探せ。麻薬なしに飛んでも、痛みを感じて、血まみれになるだけだ。それよりも芋虫を。麻薬を。けものになるための呪術を。

土方巽は晩年、完全に見せるための暗黒舞踏をやめた。人前に出なくなった。人前どころか家族の前からも自宅内で逃避し、飼い犬ウルフとの面会も拒絶した。われわれは創造し、それを人々に見せる。それに対しての無視や賞賛、批評や同意が当然のことと思っている。しかし、土方は完全にそのことを思考してしまった。彼はもはや体を持っていることに、不気味さどころか狂気を感じたのである。「体の狂気は常に起こっている。生まれる前から。それは絞首台にあがるまでもなく、その十三の回廊は、もはやわたしの中にあった。刑務所に向かったあと、わたしは直前で引き返し、己の刑務所に自ら罪もなく足を踏み入れた。わたしは捕虜だった。『戦いがその荷物をしっかり下ろしてしまうまで待つが良い』と刑吏は言ったが、戦いはいつまでも終わることはなかった。昼食だろうが、昼食は出ず、わたしは腹も減っていないのだ。それなのに、しょんべんはでる、あられもなくでる。わたしは八つ裂きにした。すると、また体がやってくる。八つ裂き。やってくる。八つ裂き。やってくる。虫が飛んだ。やってくる。しょんべんがまた。やってくる。八つ裂きにした何体かのわたしの体は首がなかろうが、肩が床をひきずってようが、かまわない。八つ裂きがやってきた。八つ裂きはわたしと集団を組んでいると思い込んでいる。刑務所はいつまでも自宅だった。便所はもう満杯だった。昼食もない。昼食の時間だった。しかし、外では人が、家では家族が、また批評を待って体を外にさらけだしている。あれは悪夢だ。八つ裂きだ。わたしは家族を八つ裂きにする夢を見た。ああ、もう外には出ることができない。わたしは踊ることをやめたのではなく、体の捕虜となったのだ。奴隷として認められればいい。いっそのこと殺されたほうがましだ。身代金で誰かの風呂桶でも買ってやれ。しかし、わたしはあいも変わらず捕虜だった」と晩年の手記『しょんべんたらし兵』で書いている。「おれには夕暮れが混じってる。夕暮れが。体に夕日が当たってる、むらさきの」土方は白く塗る前は黒く塗っていた。それは夕暮れから身を守るためだったという。夕暮れを取れ。出自も肌の色も身分もなにも関係なく、囚われていくその体を土方は自宅の押入れの中で、さらにその奥の刑務所に入りこんでいた。没後発見された記譜帳『ダーンス』にはその苦闘が克明に書写されている。体を見せてはいけない。創造を批評してはいけない。体の中の刑務所に囚われなければならない。捕虜でいなければならない。解放されるな。体は八つ裂きにしても八つ裂きにしてもまた新しく甦ってくる。司祭は魔術師だ。超能力者だ。その死体が死ぬもんか。死ぬもんか。黙って見届けなければならない。われわれはまず死を確認していない。死を知らない。死んでいない。生きてもいない。ただの体の塊を見せあっている。パリコレのモデルとわれわれに違いはなく、それを恥ずかしんでいた土方は体内に刑務所を設計、そこに収監されていった。それは何も敗北ではない。当然ながら勝利はないが、逃避したわけでもない。そこに対話はない。言語もない。体はある。体は何度でも甦ってくる。墓を動かすな、墓を動かすな。それは記念碑ではない。それは場所を表しているのでもない。それは領土ではない。境界でもない。墓の状態で、土方は押入れの中にいた。そこは野原だった。野原には杭は打てない。だから、墓を動かしてはいけないのだ。最晩年には体を動かすこと自体を避け、完全な塊として、石でもだめだ。戸を閉めろ。風が吹く。風化しない体。彼はそう独り言を言っていたという。あきらめずに、努力しない、出さない、見せない、押入れに。墓になる。それは情報ではない。風景ですらない。朝の光が落ちた。光量を調整せよ。

仲間は現実にいない可能性がある。仲間はどこにいる？　仲間はもうすでに自殺している。同じ起点から出発するものはいない。いつもそのとき、誰もいなくなっているのだ。それでも作業は継続される必要がある。食糧調達とは完全に別の作業だ。睡眠や性交とも違う。それらをすべて排除した時間と空間。それが訪れる。そのとき、西日が落ちる。昼間に夕暮れがやってくる。仲間はいない。ここには。探すのか。探すことはできない。それ以前に、喫緊の問題が立ちはだかっている。目的もなしに。何も知らされず。それはなんのため？　疑問視する声も出なくなる。失声症。しかし、シャム猫に会う。そのときに、どんな言語で対話をするのか。それは対話なのか。シャム猫語を使うしかない。それを覚えてようが実在しまいがかまわない。話すのはいつも常にそちらの言語である。言語はいつもそちらで、こちらの言語で話しても意味がわかりませんと言われたら終わりなのである。意味はない。意味がわかりませんとこちらが言ったら、シャム猫は消えていなくなるだけである。それは誰の言語か。この言語もそうだ。これは日本語か。これは誰の言語か。シャム猫は誰か。どこからきたのか聞くこともできない。それが仲間か判断できない。しかし、声はあるし、われわれはすでに失声症だ。体内の刑務所にいる。刑務所にて。しかし、まだあきらめることはできない。努力もできないかわりに。忙しく、揺さぶられろ。電話はいつだってかかってくる。また今日も。相手の顔も見えない。当然だ。電話なのだから。しかし、起点から離れれば、まだ何かある。隙はない。植物は繁茂していた。焦っていた。かつかつだった。カフカは焦っていた。誰もがそうだ。しかし、われわれはカフカではない。仲間はある日、いや、そのある日の中で、すべての時間が訪れる。そのある日の中の昼間、まだ腹も減っていない頃、忘れてしまった頃、仲間の気配がする。言語は通じない。体はすでに八つ裂きだ。しかし、這いずり回っている。天変地異は口実だった。生命の延期のために逃走したわけではない。今、ここにいるのは起点があったからであり、ただの点から点への移動をしているだけだ。忌避する点はない。あらゆる点にシャム猫の気配はある。それは墓でもある。命を守るためにあるのではない。その起点を、その気まぐれを、完全に受け入れる。数値はない。科学者が現れた。彼は戦闘機をもっていた。隠しもっていた。わたしが歩いていた森に。シャム猫は最後まで現れなかった。どこにもいないと言っているわけではない。わたしの前にあらわれた仲間が科学者だったというだけだ。正確には「サイエンティストだ」と科学者は名乗った。彼は実験室一つもたない科学者だった。戦闘機をもっていた。両翼には彼がつくった大量の薬が貯蔵されていた。なんのために？「どこにでもいるために」と科学者は言った。どこにでもいること。瞬時に移動すること。あらゆるところにいる、仲間たちと交信すること。道具は使わずに、体の狂気に気づくこと。目の前で動物が殺される前に突如、体に湧き起こるもの。同情でも、憐れみでもなく、体の狂気に気づくこと。くっついていれば不思議に思わない髪の毛が、床に落ちた途端、誰のものでもない神の毛として捧げられるように、われわれはくっついているこの体をまずは、一度、仲間なのか、装置なのか、感じなければならない。そのときに感じること。考えることなく感じること。ニーチェはそれを思考のはじまりだと言った。しかし、死にゆく動物がどこにいる？　今。それは「どこにでもいる」。あらゆるところに。また電話が鳴った。しかし、また間違い電話だ。

男はハックルベリー・フィンだと名乗った。この時代に。今は二十一世紀だ。二十一世紀のハックルベリー・フィン。生きてられるはずがない。あの男が。あの浮浪児が。児童相談所にいれられてそれで終わりだ。戸籍もない。金もない。いや、金はある。あいつはどんな盗みでもする。道具は。ナイフは使うか。持っているだろう。すぐに補導される。身分も何もない。家はどうする。男は川が好きだ。川に行く。川は国家の装置だ。しかし、同時に川沿いの森は本当に装置なのか。そこでは呪術がまだ利いている。まだそのバリアが残っている。国家は侵入するだろう。しかし、翁にだまされる。狐に。タヌキに。コウモリに。化けるどころか、噛まれて吸血鬼。ゾンビになる。無数の映画に。ニュースに。刃物に。隠れているハックルベリー・フィンは腹が減っていた。彼は無事に、すべての工程をクリアしたのだ。それは試練ではなく、たまたまでしかない。しかし、あらゆる試練がたまたまなのだ。われわれはたまたま生きている。両親がたまたま洒落ていた。すぐに育児放棄した。これであらゆる教育から逃れる第一関門を突破した。

両親がいないこと。浮浪児であること。誰のものでもない場所にいること。二十一世紀のハックルベリー・フィンは生き辛い。確かにそうだ。まず難関が多い。すぐに足をとられてしまう。境遇はすぐに平らにされてしまう。見えない場所で、人工的な平らが待ち受けている。そこには床がない。それはぐらつくテーブルだ。その上で等しく教育が行われる。ただの人間たちによって。そのために脱獄しなくてはならない。もしくは、たまたま、を受け入れなくてはならない。たまたま、を待ち受けなくてはならない。ハックルベリー・フィンはそれをやってのけた。ただのけものになるだけで。のけものになることを恐れてはいけない。そうでなければ何がある？　そこには教育の門があるだけで、門番すらいない。そこは門なのかどうかすら誰も確認していないのだ。ハックルベリー・フィンはそれに成功した。日本語だろうがなんだろうが関係ない。一九一四年まではパスポートすらなかったのだ。旅行という概念をけちらせばそれで済む。それよりも筏で遡行すればいい。われわれは川である。ハックルベリー・フィンを浮かばせている。芋虫かもしれない。この男は蝶か『超』蝶か。分子となっているわれわれは風を呼ぶようにナラの木に促した。ここではまだ、噂が取り押さえと合体していない。噂は風によるものだけでいい。文字になった噂など取り締まりに使われるだけで、ただのゴシップはすべて国家である。それを語る男の口がすでに国家だ。チャックを閉じろ。もしくは川へこい。ここにこい。老夫たちが手招きしている。港などない。岬すら。今や。それでも二十一世紀のハックルベリー・フィンはわれわれと結託した。児童相談所の方々との別れ。彼らは対岸にいる。雨上がりの豪流はわれわれだ。雨を降らせたのもわれわれだ。それをたまたまと呼ぶだろう。呪術なのに。それはまじないではない。われわれは知っていた。だから雲に声をかけた。あの失声症。信仰などすべてけちらせてくれた雨。ハックルベリー・フィンは振り返りもしなかった。もちろん救命ジャケットもいらぬ。叫ぶこともせず、逃げているわけではない。ただその線を。そのまま進んでいるのである。オールすら手にせず、ただわれわれに身を任せたフィンを、川岸まで届けたとき、老夫たちは喝采で受け入れた。それは誕生を祝っているのではなく、長老の登場だ。彼はまだ十歳になったばかりだ。フィンは、男たち女たちに囲まれた。みな、子どもを知らぬものたちだ。彼らには子どもがいない。それだけでなく、子どもがない。彼らにはそう見えていないだけでなく、フィンはただフィンなのである。それは同じチームのメンバーというだけでなく、恐れを忘れ突き進むキャプテンなのである。キャプテン、われわれはありとあらゆるキャプテンを通過してきた。彼は十歳だ。脱獄経験もある。教育は受けていない。薬漬けでもない。かつ麻薬の味わいを知っている。渡された薬は捨てろ。麻薬を作れ。仲間からもらえ。フィンは、あらゆる手段を知り尽くしていた。船もつくれるし、酒もつくれるし、すべてのものを金に変えることができる。盗人でもあったし、何よりも詩人であった。「この世界のあらゆるものは粒なんだ、見えない粒なんだ」とフィンは叫んだ。老夫たちはどぶろくを片手に「われわれはみな見えない粒！」と言い合った。彼らは溶け合っていた。老夫たちはすでに老夫ではなく、体は完全にからみあい、涙も流れ、足は川の中に、腰まで浸かり、まるで河馬のような顔をした男もいた。女たちはみな裸になり、そこらじゅうの男や樹木や草、魚たちに大出血サービスをしている。湧き水！　誰かがそう言った。フィンはくんくんと鼻をきかすと、ある場所で銀製の小刀を差し出し、地面に突き刺した。水があふれてきた。水道管を蹴破ったのだろう。湧き水だと全員が大騒ぎ。それぞれの家屋にせっせとホースをつないでいく爆発が起きた。その日の夜は、われわれもまた彼らにまじって宴会を行った。フィンは学校にはいかない。いけないのではなく、いかない。フィンは働かない。働けないのではなく、働かない。すべてフィンは自分の手で、何から何までつくった。歌をうたった。ときには絵も描いた。測量もできた。女の世話にはならなかった。むしろマッサージ、フィンは指圧師でもあり、ありとあらゆる女たちの肌の上で、振動を起こした。これは革命！　老夫たちはまた人間の形に戻ると、そう言った。女たちはまだ草だった。首を振った。誰かが乾燥大麻に火をつけた。ラブリー。彼女たちの抱擁は朝まで続いた。性行為はなく、抱擁が続いた。避妊すらいらない。何もいらない。われわれは樹木だったし、男も女もなかった。それで木の上から眺めていた。フィンの周りの仲間たちを。男も女も人間も悪くないなと思った。昔はわれわれもまた人間だった。

フィンをキャプテンとした集団は完全な実験室だった。彼らには信仰もなければ、工場もなかった。彼らはすべてを笑い飛ばした。家がいる。五分でできる。金がいる。そこいらの金持ちから財布を盗む。すぐに五十万円が手に入る。腹が減った。近くの森に廃棄物から取得した幾千の種をばらまいた、エデンと呼ぶ楽園がある。そこでキャベツだろうが枇杷だろうがすぐに手に入る。四季折々の。シェフのおすすめサラダだってあった。フィンは麻薬を育てた。一斉に。川岸の至るところに、バンクーバーからきていた科学者からもらった大麻とやしの実をばらまいたのだ。誰も栽培するものはいなかった。「ただの粒」彼らはそう口にしながら、一切の栽培、人為的な作業を拒否した。働かないからだ。彼らには労働という概念が消失していた。それは新しい人間の可能性だった。二十一世紀のハックルベリー・フィンはここでもまた、完全に水の分子となり、人々の世界へ、それらの器官へ、体内の刑務所へ、しのびこみ、スプーン一つで脱獄、多くの仲間も同時に脱獄させる勝手連だ。マーク・トゥエインの予言はここでも的確だった。あらゆる深さは川の深さにすぎず、船乗りになるくらいだったら、筏の上であらゆる呪文を唱えていたほうがいいのだ。文法は無視し、つねに異国語で。いつかそれが囚われているはずのその場所の言語と初対面する。そのとき、あらゆる抽象画は一個の地図になるだろう。フィンは女にもなったし、ニホンオオカミにもなった。舞台ではなく、あらゆる生活の一場面で、それが垣間見られた。そんな生活を彼らは実験と呼んだ。油断するな。安定器はない。変化だけであり、天変地異が起きたら、どこかへ逃げるだけだ。命が心配だったわけじゃない。ただ、その地面の上に悪霊がとりついているというだけだ。悪霊から離れろ。もしくは悪霊になる。彼の家には方丈記、一遍聖絵、南方熊楠全集、ヘッケル全絵画集、ルクレティウス詩集にまじって、ケルアックも並んでいた。ビートジェネレーションの作家たちの読み直しをしていた。六〇年代に起きたことは確かに間違いではなかった。しかし、それも麻薬中毒、オーバードーズなどの結果に起きた、多数の死を招いたというデマによってほとんど覆い隠されているとフィンは言った。老夫たちはどうでもいい。彼らはそんなこと気にしない。しかし、フィンの物語師としての力能は、彼らのよだれを生み出した。すべての麻薬が、その速度を示していること。幻覚が重要なのではなく、ここではない場所にいること、ここではないものになること、が必要なこと。しかし、そのために、ありとあらゆる芸術家たちが現在逮捕に怯えていること。つまり、彼らは国家装置の中でしか創造が行えていないこと。ありとあらゆる通貨にしか交換されていないこと。麻薬は交換ではなく、麻薬そのものになることを促す。それがまずおれが生まれた理由であること、もっというと、おれが死んでいない理由である。それは十九世紀だろうが二十一世紀だろうが変わらないということ。笑気ガスの吸いすぎは気をつけろということ。すべてが粒だと知覚するために使うこと。それが逃避ではなく、体内の刑務所に丸腰で乗り込む作業だということ。知覚するというよりも、知覚自体は完全に粒になるということ。蛇の舌は二枚に分かれ、一つは匂いをスキャンしていること。つまり、知覚もすべて二重にすること。触りながら、痛がりながら、温度を感じつつ、官能を得ること。つまり、二つができたら即時に三つ、四つ、五つ、六つ、七つ、八つと感覚の現実を広げること。感覚の現実と対峙することで、はじめて感覚の夢が姿を現す。感覚器官の夢、それが夢であり、われわれは夢など「見ない」こと。それはすべて現実であり、ありとあらゆる情報を超えた呪術であるとして、一個の薬として、薬局が作られ、そこで老夫たちが夜、昼に寝ているときに見たヴィジョンは集められた。フィンはそれらを調合、カットアップ、サンプリングしなおし、それに音圧をかけて、変形し、一匹の鳥をつくった。それが恐竜の生き残りである。彼らのトーテムはその一匹の翼竜だった。

われわれはまだ流れている。流れ着くことはない。そこが源泉であっても、そこからまた滲み入っていく。地面に。草に。誰かの体に。翼竜が甲高い音を立てて叫んでいる。翼竜もまた、その羽もまたわれわれだ。一部ではない。草の先端から、その大気にまざりこんでいるさまざまな分子、樹木の皮膚の一本一本の神経細胞。そこから見えない通路が広がっている。存在しない島。われわれはそれを知っている。そこに向かっている。もうすでにつながっている。川沿いの集団は、麻薬の製造に成功した。あらゆる弛緩、あらゆる興奮、あらゆる分裂、あらゆる躁鬱を、至るところで実験している。生活の実験、実験生活。金はいくらでもある。なければ盗めばいい。そこだけは平等だ。われわれには平等に盗む力をもっている。行使しない手はない。先人の方法を盗め。盗みは一つの空間である。それはイリュージョンである。それはわれわれの方法である。見えなかろうが、関係ないのだ。存在しなくともなんら気にすることはない。笑い飛ばせばいい。それがたとえ作り笑いでもかまわない。感情とは別のものだ。感情はむしろ、ない。それは存在しないのではない。銭湯のペンキ絵だ。感情はただ壁に描かれている。われわれの目的は風呂に入ることで、旅をすることではない。われわれは体も何も洗わない。汚れてすらない。汚れることはない。だから糞食らえなのだ。それは清浄なものを示さない。われわれはそれを装備だと感じる。武器を感じる。垢の武器、皮膚の武器、骨の武器、水の武器、樹木の武器、虫の武器、プラスティックの武器、あらゆるものが武器である。まずは手にせよ、振り回せ。買うな、売るな、盗め。誰からでもいい。それは自分自身からでもいい。実験はそのようにして行われる。それは神からの伝令ではない。存在しないものとの遭遇、交信である。確認作業だ。体は固く、われわれの前に何度でも現れてくる。誰かの体が。中古車売り場のように。誰でもない体を。念頭に。われわれはまだ流れている。どこから。樹上のダニは探っている。罠にかかる獲物を。盗む対象を。しかし、見えない。見ようとすらしない。われわれはただ樹上にいるだけだ。見るという行為を捨て去り、盗むことに専念せよ。分析よりも、賭けを。負けても勝ってもどちらでもいい。時間はないのだから。足りないのではない。そもそも時間もまた存在しないのだ。見ることとして、時間として、あるものとして、存在しているだけだ。ダニは腹が減った。しかし、それはただの器官の動きで、もう一つ別のダニは、ただたくらんでいる。腹が減ろうが、なんだろうが、常にそれとは別の生命がある。われわれには二つの三つの生命がある。一つ目の生命、感覚は、見る、目の前のものを見る、腹が減ること、わたしということ。それは盗まれるためにある。誰にでも施せばいい。捨てればいい。そのまま。その生命には寿命がある。電池切れ。早く暴れまわって、どこにでも顔を出し、ありとあらゆるいらんことを続け、笑い続け、火ありますかと聞かれれば、懐のピストルを取り出し、上空めがけて撃ちこんでやればいいのだ。質問されたら、ばん。聞かれたら、ばん。問い詰められたら、ばん。取り締まられる前に、逃げろ。言うことを聞くな。そもそも聞くな。まずは樹上でたくらむしかない。たくらみ。枝の上の極小の生物は、巨大なサクソフォンだ。音は鳴らない。出さない。息を吹くやつを待っている。待つ。たくらむ。潜む。体はむき出しにして。裸子植物。花はどうするか。咲かせてもいい。性器をむき出しにしたければそれをやればいい。謝罪しないこと。たくらむことは、後悔しても、また同じことをやることだ。そして、また失敗し、論争が起き、攻撃をくらい、反撃し、鼻血をだし、逃げ惑い、樹上にまたのぼってくればいい。起点はない。あらゆるところが起点になる。あらゆる未知の場所は戻ってきて落ち着く、捨て去ったはずの実家になる。実家に帰れ。今すぐ。実家はどこか。たくらむ。われわれは待った。フィンがくるか。水牛か。あの水牛は死んだはずだ。死んだあいつに食らいつこう。死んでない死んでない。われわれは知っている。供犠を終えた人間たちはそのことを知らない。二つ目の生命を、三つ目、四つ目、あらゆる目玉が通り過ぎる。知らないやつはこのアルミ缶を切り刻んでできた生命体を知らない。未確認飛行物体だと言って、それで小銭を稼いでいる。情報は売るな。ひそひそ話。耳元。糸電話。どんな話でも盗む。あらゆる衣服を取っ払う。盗賊。追い剝ぎ。樹上でたくらむわれわれはあまりにも小さい。見えないほどに。見えなくなってしまった。どんどん小さくなる。そして、巨大なサクソフォンに。あらゆる楽器に、あらゆる気流に。それで雲となってへのへのもへじ。どーんと雷おっこちて、地面にたたきつけられて、泣いている同級生。同級生の耳の中。もちろんここにもかたつむり。どーんどーんと音がまだ残っている。もう誰にも聞こえないはず。そのはずなのに。かたつむりはたくらんでいる。あいつは盗んだ。あの電力を。雷の。電力会社をつくったかたつむり。通勤は糸電話。耳から線路がのびている。リニアモーターカー・ルーパー・パルーバー。われわれはまだ樹上。いや、あらゆる樹上。世界樹なんてもんはない。あらゆる樹上しかない。それは一本一本。森はまた別の生命だ。二つ目の生命。われわれの中にもある。外にもある。最期がせまっている。常に。それは時間に教わるもんじゃない。二つの手でやるもんだ。二つの手が持っている六つの手、その手から伸びる神経、頭、手の中の家。家の中のカーテンの柄。そこに描かれるまた別の二つの手。その手に首をしめられる。しめられた手をほどく二つの手。その先の顔、網膜、鼻腔、匂いをかげ、二つの手がひっぱりあげる。蛇みたいに。一つは道しるべ、二つは匂いの手、指先についた、何か。匂うもの。あの女よりも指先の匂うものと同棲せよ。匂いを盗め。二つの手で。いま、どこにいる？　どの起点に？　あらゆる起点に？　森に？　二つ目の生命体になれ。二つの手を持つ、二つ目の生命に。われわれはそこにいる。いや、もう三つ目に行った。双六。将棋。囲碁。オセロ。黒一枚からの反撃、失策、失速、白一色、盗め。人の見ぬまに犬を、そこらじゅうの犬を。いぬ間に絹の織物の中にリーム：現象。戦場。忘れた現状。二つの手。手の中の泥。泥の中の微生物。微生物はもう捨てた。盗んだ。爪に食らいついている。それもまたわれわれの樹上。起きている。まだダニは起きている。ウォルト・ディズニーもまた起きていた。不眠症ではない。起きていた。不眠症はない。臨床状態から脱獄せよ。あらゆる病院から。起きろ、起きろ。もしくは永遠に寝ろ。三年寝太郎。ウォルトは逃げた。内側から鍵をかけた。エプコット計画。その実験生活は、かぎりなく現実に接近していた。かぎりなくわれわれに接近していた。かぎりなく、実現不可能だった。かぎりなく、あらゆるものと連結しようとしていた。ウォルトはあの広大な土地をすべて強化ガラス製のドームで覆った。建築技術をぬきにして。あらゆる図面をけちらせて。まずは覆ったのだ。会議なく、申請なく、あらゆる条件を無視して、まずは地上に一個の二つ目の地上をつくったのだ。地面からの脱獄。現実からの脱獄。刑務所から。あの忌々しい刑務所からの脱獄。税金からの、ゴシップからの、目の前の存在からの脱獄。簡単なことだ。ドーム。覆う。二つの行動だけでよかった。それでエプコットをつくりあげたのだ。ディズニーランドはただの廃墟である。それは一つ目の体。ウォルトが見せつけた一個の残像。残像をつくりだせ。残像をぶっとばせ。ベートーベン。ウォルトは第九の七十四分に合わせることもなく、七十四分というアトラクションを見つけ出した。つまり、それはアトラクションではない。まずは扉。そして、通路。そこには娯楽がない。子どもがいかない場所。大人には退屈な場所。それでいて金がかかる場所。貧乏人ではいけない場所。金持ちにしては中途半端な額。誰も寄り付かない。しかし、そこには無数の調理されていない食材、つまり、有機物。それに群がるあらゆる群れ。渡り鳥はインドネシアから。ポリネシアの魚群でさえ、海流に乗ってその匂いを嗅ぎつけてくるという。われわれはそこにいた。結託した。ウォルトと。ウォルトは秘密結社をつくった。われわれと。電力会社の社長や電話をつくったものは暗殺した。盗んだ。それで終わりだ。つくってくれるまで待つ。つくったら最期。われわれこそがウォルトと結託したのだ。巨大なドームはサクソフォン。

あらゆる空間を覆った。現実の仮面。エプコット。実験の生活はわれわれと共同事業として行われている。幾万の生物と。あらゆる住居がそこには立ち、あらゆる様式、属、科目に合わせた多様体としての家。それは形を帯びていない。かつ雨風から完全に離れている。雨に撃たれるな。雨は飲め。雨を貯めろ。すべての雨は飲み水である。ウォルトは吠えた。一つ目の体に。人々は絶叫マシーン。酩酊するボート遊戯。よかろうよかろう。それでよかろう。樹上のダニはまだ待っている。いつ用がなくなるのか。いつ盗むのか。共感などない。裏切りなどない。ありとあらゆるものだけがあり、それはすべて材料だ。二つ目の体の食材だ。野菜をつくれ、麻薬をつくれ、栽培するな、流通するな。二つ目の流通はある。それは水流、海流、道管。シダ、ワラビ。そこでの餅つき、正月、オランダ正月。印刷機。師管。通路を探せ。ウォルトは徹底的に通路に執着した。移動すること。あっと思ったら、そこにいないこと。消えること。立ち去ること。瞬間移動。ワープ。コピー。四百八十枚の計画表。準備期間。時間。時間。ウォルトは晩年、ねずみと話せるようになったという。麻薬の対話。酩酊できないウォルトは不眠症ではなく、ねずみと一緒に起きていることを選んだ。ここでまた戻ってくる。いよいよわれわれは最期。しかし、通路はある。通路になる。道は方向をしめしている。もっと空洞。何もないのではない。ありとあらゆるものになる。けものになる。もはやばけもの。われわれは化け物になった。通路は一個の化け物。動員ではなく、引導。鎌倉時代の屍体はまだここにある。ウォルトは墓もつくりあげた。自分の墓。分裂症の墓。どこにでもある屍体。足を踏みならせ、どんどんどん。踏みならせ。シャーリーボンボン、しゃーり、かんかーりー、リンリン、シャーリーラ。三叉を振り回し、メスカリンを口にしたウォルトは暴れまわる。今日もどこかで。あらゆる武将と。あらゆる町民と。ウォルトが最期に読んでいた石板『ピラミッド建設日記』、彼は家の全体を洞窟にし、揺れる炎だけで暮らした。地下だけではなく、エプコット全体が洞窟と化した。入り口こそ内側から鍵をかけたが、それをアライグマに手渡して数分後、入り口から本館につながる通路はダイナマイト爆破。もう今ではそこに至ることはできない。われわれ以外には。ミッキーはいつも違う通路を歩いている。動く歩道。五十メートルのエスカレーター。一挙に飛び上がったわれわれはイルミネーション。それぞれに点滅する頭。腰。尻。知れ渡る渡り鳥の糞。シダ、シダ、原生林。その奥に見えたピラミッド。まだ町民が生きていた。われわれだ。彼はわれわれだ。あの彼も、あちらの彼女も、あの家族も、あの同性愛者カップルも、われわれだ。あの恋したことのない人間もわれわれわれだ。もちろん、あの川も、水の分子も、オオカミもインディアンも。あらゆるわれわれは今、ピラミッドの中。そして、外。外周にはわれわれわれの町があった。ウォルトが建てたわけではない。彼は覆っただけだ。逃げただけだ。あとは用がない。盗めばいい。けちらせばいい。誰が石板を買えるか。エジプト文明は資本主義だ。そこらじゅうで跋扈する資本エジプト主義。町民はそこにはいない。ここにいる。エプコット。ウォルトの亡霊はいない。ダイナマイト。粉塵となって一気にわれわれと同盟。オオカミの餌。あらゆる空気を吸うけもの。空気そのもの。われわれは麻薬。われわれはスピード、ハシシ、ケシの花。実。パラシュート部隊。無数の戦場。そのあとの大洪水。流されても、われわれ。流れていくのはわれわれ。手を組むな。腕を組むな。ダンスせよ。舞踊。舞踊。舞踏。暗黒舞踏。最期の部隊、ニジンスキー。パジャマをきた熊、アイヌ部隊。口琴が鳴り、スチールギター。バックには管弦楽団。らい病歌手のマデゴステが突然、はりさけるような雄叫び、ロンロン、ギュニースキー、口が割れ、歯がぼとぼと床にリズム。舌に馬の毛をぴんと張り、のこぎりとの共演。新しいバイオリン奏者。手は曲がり、観客は数名倒れた。救急車。エコーがかかった救急音がバルコニー席の金持ち夫人たちの耳をつんざく、突き刺し、そのまま丸焼き。夫人たちは狂喜乱舞のそのまま天井からぶらさがり、明らかに原始時代。旧石器。黒曜石のピアス、ネックレス、靴。シンデレラは特別席。指の爪は剝がれ、溶け、そのままピザ。石窯が上空から。もれちゃう。シンデレラの悲鳴は明らかに水出しコーヒー。われわれのカップにそのまま一滴、二滴、三滴、四滴と垂れて、そのままスプラッシュマウンテン。山があった。ピラミッド。石の山。樹木の山。金の山。銀の山。お前はどの山を川に捨てたのだ。神の到来。偽の神。神はいつもだます。だまされてなんぼ。なんぼのもんじゃい。じゃんけんぽん。席はジャンケンで決められた。町民の家の配置も。それ自体が多様体。そのやり方が多様体。われわれは水にもなったし、水運を司る、あのマーク・トウェインが建設リポート。ニジンスキーはいよいよ飛び上がり、スーパー歌舞伎よろしく、支えのない跳躍。紐のない跳躍。あの鳥人間。コンテストはもう中止。屍体が舞台裏から一斉にがらがらと転がり落ちてきた。カンダタ。盗掘。盗賊の雌雄、カンダタとメヒナンテ。二人の跳躍をニジンスキーは明らかに一人。いまやわれわれすべてがニジンスキー。ニジンスキーは二つ目の体でわれわれ。備給、補給を行う、軍事基地。晴れ舞台が血みどろに。雨が降っていた。その日も。激しい雨が降る。雨宿り。その場でのコント。舞踏。土方と二重露光。アポリネールが子どもの声をあげた。バロウズは黙って銃弾を頭に。一人死んだ。また死んだ。しかし、誰も救急車を呼べない。ノイズ。沈黙。七十四分。その姿はスフィンクス。カンダタが掘り出した、あの巨大な建造物。晴れ渡る雨の中、劇場の天井破壊、ダイナマイト。さらに劇場周辺に運び込まれていた屍体が溢れ出てくる。大洪水。どこもかしこも。水浸し、体で満ちて、そこには一つの恋、愛情、乱れた性、的確なセックス、ダンス、卵子、精子、匂いがきつい、でもまた嗅いでしまう、その連結と反復、それが労働、本来の労働、匂いの労働、休憩終わり！　作業開始。建設日記は一つの詩であり、無数の死、そこにはドラマがあったのか。われわれは問うことはできない。生きること。問うくらいなら、エジプト人になること。自然を憂うな。われわれは憂慮されている。明らかに。同情するな。そのものになれ。悲劇。最期。それは正確ではない。それは詩ではない。それはただの建設リポート。この文もまた、二つ目の劇場、二つ目の体、二つ目の壁のない空間、公共、時間の建設リポートである。蒸気船に乗った男はねずみとなって、いまやこのドームの中枢にある三角錐の根元にいる。地下に潜るか、ジャックと豆の木。広がる大地は、あたかも川の顔。川の水。ここにはいず。もう誰もいない。いなくなった。

レーモン・ルーセルは睡眠薬。ヘンドリクスはヘロイン。ピカソはアヘン。ディランはアンフェタミン。彼らはけものになるために引導。一遍。諸国巡業。散歩。歩く人。歩く水。歩く大気。歩く武器。歩く草。草の上を歩く。水の上を。やったことのないことだけ試せ。見たことのない色だけ塗って、体に塗って、それで踊ろ踊ろ踊ろ。最期のダンス。それ以来の沈黙。七十四分。いつまでも笑いたい。本当に何もいりません。もうこれ以上に。空間は。時間は。持ち物は。金は。人々は。愛人は。宇宙は。草。葉っぱは。酒は。何もいりません。書かせてくれれば、いつまでも黙って書かせてくれれば、リラックスして、肩の力抜いて、書かせてくれれば、あとは追い剝ぎにあっても、性器を切り落とされても、皮膚を剝いでも、なんでもかんでも、外にも出ずに、閉塞されても、してもされても、閉じ込められても、防空壕から逃げ、爆撃から逃げ、地震から逃げ、われわれは富豪。金はない。しかし、明らかに富豪、けもの、ばけもの。われはニホンオオカミなり。絶滅したけものなり。死んではいない。むしろ富。象徴でも象徴天皇でもなく、富。天皇からのいのちの電話。死にたい死にたい死んでも肉体が滅びない超能力者の悩み相談、もがりは嫌だ、あんなものは、理解できない、わかるよー、うん、代わりたい。わたしはあなたと代わりたい。いつでも代わることができる。それが富。われは富豪。金はない。頼みます。書かせてください。この現実とは別の、二つ目の夢を。現実という装置。ミスター現実が眠る。その睡眠と熟睡と夢。夢見のテクニック。伝授。宝寿。われわれは宝だ。転売できない。展示できない。身につけることができない。どこにも持ち出せない。重い。軽い。軽すぎる。繊細なアンモナイト。セルロイド。ダイナマイト。ばん。一家心中。国家心中。われわれはドームの中。09081064666。はい、こちら、いのちの電話です。あらゆる人間のための通路、あらゆる生き物のための通路、避難通路、ロシナンテ、背中にはセルバンテス、風車にはオランダ村の絵が。いまこそ、騎士道を。無償の戦士。麻薬の騎士。多摩川のマリファナ、ケシ畑。みなに教えます。その場所は田園調布から徒歩十分。東に三六五歩、西に三十四歩、そこで待つしかない七十四分。突然、視界に現れてくるのは田園。都市ではなく、時間。ありとあらゆる時間がわれわれに。われわれもまた時間に。

それは最期ではない。彼らは生きている。完全に。肉体もまた完全に。何もかも完全に。再現するのではなく完全に。彼としてではなく、彼で。男で。女で。ねずみで。

水で。われわれはまだ最期ではない。それはぎりぎりに接近した限りなく最期に近い、生である。死と生はわけるものでも続くものでも同一平面上にあるのでもなく、彼らは分裂し、拡張し、拡散し、座標を飛び越え、また新たな通路へ、そこでキャッチボール、キャッチャーとピッチャー、そこでのゲーム、無理が生じ、矛盾、そこで沈没せず上昇、拡散、雨あられと変貌する。変貌の競演、出し物大会。年末の気配。そこで起きた拍手。かき鳴らす一人の戦士はまだ囚われの身だ。われわれは囚われの身だ。自由に踊るダンサーをこちらから見ている。四つ目の壁をけちらせ。四つ目の何ものも壊せ。破壊、殴打、びんた、崩壊、足、爪、すべて剝き出しに、それはあらゆる武器だ。われわれは囚われの身、一番近づいた死が、腐ったミカンが、その腐臭が、微生物が、崩壊と同じように上昇。気流の中で出会い、遭遇、事故。怪我。引っかき傷。きめ細かい繊維、繊維のわれわれ、お香、煙、その中の空間、劇場、また悲劇があそこで、こちらでは喜劇に上昇。しかし、われわれはまだ、手足は自由ではない。体を持っているのに。身体測定は済んだ。あらゆる審査をくぐりぬけた。それでもまだ毛じらみがフケが頭の中で起きているさまざまな気象現象が、われわれの頭をすり抜けて、また別の頭へ。脳の中で起きていることだけで大惨事。それなら他者の頭の中では？　音楽は？　どこに行ったのかを考える前に腐った言葉で書け、詩を書けばいい。それは空間でも時間でもない。なんでもない。それが腐る。腐る。すべて腐る。完全に。崩壊は重力の結果。そうでもしなければ一体。舞台にはいま誰が？　われこそはと手を挙げるか？　拘束されていても、手足が腐っていても。らい病歌手の歌声は今も聞こえている。かたつむり。許せ。許すな。そうではなく、腐れ。一緒になって腐れ。自分だけ残るな。誰も彼も関係ない。一緒になって腐れ。それは同罪ではない。それは次の腐葉土、落ち葉、菌類、麺類、樹木に群がるあの分類を無視した共同体を。われわれは無視する。永遠に無視する。帰還を。機関を。根っこなどない。あらゆる概念もない。概念はない。それは掘り出すものではない。彫刻するものでもない。それは歌うものだ。言葉ではなく、歌う。言葉を使わずに歌う。楽器も何もなく。あらゆる不協和音はそのヒントだ。街の明かり、町の音。足音。擦れる音。音の集合、信条のない集合。呼びかけのない集合。ただのたまたまの遭遇。そこに決断も何もない。あらゆるものがない。あらゆるものが材料。そのためにわれわれは囚われている。目前の死。死んでもおかしくない。体の発狂。頭の正常と連動する頭の衝動。まずい状態。冷や汗。無視。蓋をし、自動的に開くドア。また腐臭。蓋。腐食。蓋。われわれの目は確認することができない。この手足では。体は別の動きを。われわれを無視。勝手にあいつの髪を、神をひっぱりねこそぎ食らいつく。人々の反乱、そこからも脱走。脱獄。集団という刑務所。そこからの脱獄。監視されている。われわれの行動はすべて監視されている。しかし、見せびらかせ。告発するな。人に言うな。その声のありかを知らせるな。それは加担。あくまでもわれわれは囚われの身。納得するな。了解するな。あらゆる決め事からの脱却。翌日の鬱。鞭打つな。そのまま倒れろ。そのまま負ければいい。体の発狂を受け入れればいい。話はそこからだ。そこからわれわれの人間からの通路の発見、そのダイナマイト爆発。われわれは作業員。労働者。しかし、二重露光で発掘者。カンダタ。盗人。すりの天才。天才の最期の。最期の天才。つまり、われわれは天才的な捕虜だ。死ぬ前の時間。最期の舞台。椅子の上で静かに座る捕虜。しかし、われわれは天才的な捕虜なのだ。

体はどうせ死なない。たとえ傷つけても無駄だ。それは快感にしか繋がらない。なぜならそれは芋虫だからだ。われわれにはいくつかの体がすでにセット。それは群がる人々の中に。椅子の上で。だからといって撫でても無駄だ。触らずに、なれ。それは武器の予感、楽器の予感、柱の予感、砂時計の気配を見せる。見せたら、すぐに迷わずに、それになれ。牙になれ。牙は歯ではない。歯の裏にいる二枚舌。蛇の形をした性器。性器も無数にある。ちょんぎられても絶望するな。生殖の次の出産へ。新しい子ども。現存するものとは別の現存。すでにある集団。すでにある細胞。埋め込まれた記憶。遺伝子の先の海。海の中の生物。歴史はそこにある。紙の上に歴史を書くことはできない。書物からの脱獄。それよりも歌を。それよりも遺伝子の先までいくロケットを。その発火剤を。煙を。避難を。炎を。絶やさないためには？　森に行けばいいと言うのか。それを誰が示す。その地図を。誰からも何も情報はない。そもそも情報はない。無情報社会。われわれの先を示すものはない。現存する情報は銭湯のペンキ絵だ。いくらやってもタイル画。飽きたらまた割って次の風景へ。風景へ逃げ込むな。風景になるならまだしも。結局、また体が発狂。ハックルベリー・フィンはいよいよ集団から脱獄した。完全な多様体へと変貌した。牙を発見した。体の中で発掘、盗掘、作業、労働、使役、門番。見つかったあらゆるものはすべて身につけた。身についていた。それを知りえた。再認識。いつかの記憶。時間。植物どうしの戦争。そこで起きた虫との結託。虫などいなかったのに。花ですら。その頃ですら戦争。どうして今も戦争。それは二つ目、三つ目、体の発狂はそれのサインである。サインを見逃すな。野球の試合、エアホッケー。飛び出たあのプラスティックは放物線を一切無視。虫と変貌し、さなぎからの成長論を無視、矛盾的飛躍。飛躍的矛盾。あらゆる同一物を異物とみなし、異物どうしの婚姻、そこからの離婚、シングルマザーを見つけ出せ、救うな。補助金ではない。そうではなく、新しい戦闘集団の予感、儀礼ではなく、秘密の、集会でもなく、喫茶店での荷物整理。矛盾の発狂をうながせ。矛盾こそ、あらたな生命。われわれの二つ目の体の置き場所である。そこには無数の体が陳列してある。光は当たっていない。蛍光灯。温度は一定。しかし、それは大草原。砂漠の民が常に持ち合わせている矛盾。太陽の矛盾。角度の矛盾。原っぱの矛盾。プレーンの矛盾。大砂漠。湖。その魚の群れ。魚群探査機。つくるのは機関。われわれは囚われながら食事をえている。終わりは近づいている。しかし、夢を見てしまう。睡眠中の夢。渡された睡眠薬からしばらく距離を取れ。眠れないのは眠らないのだ。眠るな。睡眠不足。その中で起きる体の脱獄。われわれからの脱獄。われわれはさなぎの中の溶けた芋虫だ。蝶は別にある。二つ目のわたし。わたしとの決別。わたしなる矛盾。そこで起きる試合。戦闘。収容所。昼休み。ぼうっとした頭。頭上の太陽。強い日差し。蛍光灯。日差し。保管室。われわれの液体はどこに流れていくのか。まず溶けろ。そして、手ではなく、分子として連結せよ。そして、別の物質に、けものに。逃げ足の早いものになれ。そのものに。練習禁止、訓練厳禁、トレーニングシャットアウト。黙れ。黙れ。腹の中の通路に、その排水管に流し込め、蓋を、しても、蓋が、こちらに向かってくる。目の前には扉が。絞首台が近づいた。予想通り身代金は送られてこなかった。戦意喪失。体は縄でくくられ、檻の中。それでも尿意が、便意が、あらゆる意が。意識を超えた体の反乱が。発狂が。起きて三度の飯よりも頻繁に鈴を鳴らすこの体。扉を開ける刑吏。彼もまた労働者。殺意はない。あるのは体の殺意。体の反乱。体の企み。いま、やってきているのは体の大洪水。あらゆる達磨が、ごろごろと川となって。われわれは川だ。体だ。椅子の上の静かな。絞首台。通路。廊下。縄で縛られた手首、足首、首元から垂れるスカーフ。黄色のスカーフ。殺すなら今だ。やるなら今だ。われわれはスカーフを首元のあのスカーフを細い蜘蛛の糸で、縛られた手で、足で、首でひっぱりながら、自らの体を停止する罠を日曜大工仕事でこしらえた。今だ。未だ体は発狂の雄叫びをあげていた。

０９０８１０６４６６６。それは通路だ。通路に一つも二つもない。唯一の通路。あらゆる通路は唯一のものだ。接続することもできない。それはただの通路。どこともつながっていない。もちろん点と点を結ぶ線である。それが通路。しかし、それは器官でもなければ感覚でもない。それは別の場所にある。ここにはない。どこにでもある。われわれはどこにでもいる。０９０８１０６４６６６。指を動かせばいい。爪を。爪がなければ指などただの筋肉の肉の棒にすぎず、指差し確認はできても石を摑むことはできない。石を摑め。指よりも爪を。爪から指を。爪は骨だ。爪は外の骨だ。外の骨を持つこと。宮武外骨は体の発狂をそのままに意識を薄め、眠らせ、睡眠薬どころか起きる機会を与えることなく眠らせ続け、体の反乱に手を貸した。外の骨、つまり外骨は爪になった。それは牙に負けじ劣らじの武器だ。体の武器だ。意識を眠らせ、体の武器を武装せよ。体の反乱軍に、その戦闘集団、狩猟集団、秘密の戦争機械と同盟を結ぶのだ。体の反乱を鎮めるな、体に犯されるな。体の強姦。すべての生き物は女である。この強姦の可能性を持っている。鎮めるな。体から脱獄し、意識を眠らせ、そして、その外の骨であることを認識し、同盟を結ぶのだ。そこから反乱がはじまる。戦争がはじまる。爪でひっかくことからはじまる。体はゲリラだ。しかも見えない。プレデター。溶けたターミネーター。どこにいるのか予測も立てることができない。体は計測はできても予測することができない。われわれにくっついていることの未確認生命。その非感情生命体はあくまでも敵ではない。しかし、われわれは体の捕虜である。そこからはじめなくてはならない。まず脱獄、その前の捕虜。その前の第一次世界大戦。その前の大航海時代。あらゆる歴史は遺伝子の先のわれわれの海にいる。そこに浮かぶ船。その一員。もしくはマスト。マストの上のねずみ。そのヒゲ。揺れる風。暗雲。台風。風。モンスーン。ヒマラヤの麓のラマーン族。その秘儀。われわれは草の一本一本となり、その舞台の前に立っている。０９０８１０６４６６６。通路に向かえ。そして、指、爪によって武器と化した指でボタンを。鍵盤を。数値はない。豊かな乱数表。いくつかの合図。われわれの首は糸で、スカーフで、ホルマリンを含んだ布は鼻腔でたくらんでいる。最期は永遠に遅延される。迅速に。延期の空間。そこにわれわれはいる。その暗雲。風はどこから吹いたか。知らぬ者からいなくなる。しかし聞くこともできない。通路は何も指し示さない。それは場所の表示ではない。看板もない。高速もない。首都高もない。アウトバーン。らんらんと目を見開き、通路をただ進むしかない。その先には何もない。点しか。また延々と起点が襲いかかってくる。永遠の起点。無数のゼロ。無限大のゼロ。多様体ゼロ。生命体ゼロ。分裂したゼロ。０９０８１０６４６６６。それが電話。あらゆる電話は間違い電話だ。見間違い聞き間違い間違い間違い電話。それは実践の総体。実験の総体。体の反乱はじまり、森の中で見えない生命体と化す。二つ目の体、三つ目の体。襲いかかってくるもの。目に見えないもの。通路に映し出される絵巻物。時間は完全に消失し、それどころではなくなる。意識の睡眠。睡眠中の意識には、時間も空間もない。あるのは、一個の体。ベッドの上の戦士。体を完全に武器として、体を実装したわれわれの戦士。それは微生物よりも小さく、津波よりも大きい。巨人でも大型恐竜でも一撃で倒す、あの無敵の反乱軍。われわれは完全に爪となった。どこにでもある。爪。蹄。結託せよ。爪と。爪を切るときに思い出す草原。あのステップ。気候の分類だけでなく、指の分類からも離れろ。雷、現象、警鐘、警報音。耳をつんざく叫び声。声帯ではなく、羽を、胴体を震わせろ。持っていない器官だけで活動せよ。０９０８１０６４６６６。通路に天変地異を察知したけものたち。入り口などない。無数の穴から、隙間から、微細な網膜から、網タイツから。われわれの分泌液は、スリップ、バナナ、プランテーション。黒人たちもやってきた。先代ハックルベリー・フィンと一緒に、筏下り、丸腰で、生き身をさらして、銃声が。穴という穴から。網目という網目から。溢れ出るように大洪水。銃声の洪水がねずみとなってわれわれの前に。もう駄目だ。声は出ない。意識は眠っていた。その前に、捕虜の叫び。身体に入隊した、秘密を結んだわれわれは完全に毛むくじゃらで、汗ははみ出て、牙はむき出し、爪はそこらじゅうの樹木、通路の壁、あらゆる人家、畑、看板、石碑、ピラミッドを引っ掻いていた。

　死にたいと思う、死にたいと願う、このまま死んでくれればいいのにと叫ぶ人間たち。彼らは死にゆくけものなのだ。彼らは０９０８１０６４６６６の通路で雄叫びをあげる。それは点に、ゼロの地点で、高濃度の叫び声、汚染されたすべての森、川、海、空の粒子となって、黒い雨を降らす。点に。われわれはそれを聞くしかない。その叫びを。避けることはできない。無視しても同じことだ。虫の息。それは深いイリュージョンであり、ドロッピングペインティングとして空から降ってくる。爆撃機。戦争。体の反乱によって逃げ出すけもの。危険の予感を察知しているアンテナ。尻尾、尾ひれ、触覚、耳、どこまでも聞き取る耳、鼻、千里先を嗅ぎ取る鼻、千のナイフ、爪、牙。われわれは憐れみの予感を感じ取ってはならない。そのけものたちから。死にゆく動物たち植物たち、波、空気、電子、原子、ニューロン、神経繊維から。彼らは放つ。人間の意識を。憐れみを、悲しみを、後悔を、懺悔を、救いを。それへの欲動を。けものたちは言語で話しかけようとするのだ。文法的な言語で。統辞法によって。しかし、われわれがまず聞き取るべきなのは、その同盟の有無である。言語の先の異国語。もしくは叫び、吃り、咳、くしゃみ、あくび、しゃっくり。けものとわれわれを結ぶ通路０９０８１０６４６６６はそれらの非言語的言語で森をつくりだしている。海も川も天も。まず外の骨で触れ。死にゆくものは悪魔と取引をしている。それは体の反乱である。体という悪魔、魔物。しかし、それを人間で見るな。魔物としてのニホンオオカミ。その鼻で嗅ぐこと。決して衣服を着せないこと。裸でいること。毛を実装していること。皮を。逡巡や同情などはない。その捕虜の世界。身代金も役に立たない。そこに一切の感情を入れぬこと、しかし、その非感情の高ぶり、その高揚。睡眠薬を持っている。隣に五十錠、百錠、百五十錠。首には縄が、タオルが、帯が、タイツがかかっている。しかし、それに惑わされるな。それは悪魔だ。それは同情だ。それは助けや救出劇であって、劇場の舞台に座っているだけだ。そこではない。舞台裏。劇場に運び込まれる屠殺されたけものたちの屍。その人間からの同盟をまず切ること。人間からの脱獄。相互確認。われわれの通路についてのいくつかのチェックポイント。言葉ではなく叫び、悶えるうめき声。声にならない声。虫の息。失声症。吃り。あらゆる地図がそこにある。しかし、それは紙の上ではない。地図は音質、波形、スペクトルの形状をとっている。見極めるにはわれわれもまた体という反乱軍との同盟、それもまた悪魔との同盟を結ぶ必要がある。あらゆるものと切断し、そして、完全な多様体となること。いつでも茶屋の娘になり、その次にはお得意様の舌先の味覚、味覚神経繊維、その先の思い出の画素、音素、それらをひっくるめた空間の概念、概念をつくりだす思考分子。二重露光、三重露光で生活をすること。その実践。われわれはそういった声を、爪のように出さなくてはならない。そこではじめての接触が行われる。通過しない。通路で交差しないこと。通路で衝突すること。あらゆる川の濁流がすべて一人の反乱によって、その体全体に刻まれた刃物の傷、言語による傷、未確認の傷をともなって、浮かび上がる。無数の腹がふくれた人体。そこを渡る。兎のように。ワニになってもよい。口を開き、橋となる。水はそれを結びつける触媒と化す。川から離れた水の分子。魔法使い。笑い声など聞こえない。一切。しかし、呻き声で笑うこと。笑い飛ばすこと。その賭けに出ること。決して人間として同情しないこと。自殺の予感は常に0908106466の通路の絨毯になっている。地面となっている。草と砂漠と馬の背と海と結託している。抗うのか。何に？　自殺に？　それならば死んでいったものはもういなくなったということか。

デマだデマだデマだ。それは人間のデマだ。体は反乱言語で話し出した。体は突然舞台の椅子から立ち上がった。そして、見たこともない跳躍。最期の跳躍。終わることのない最期の跳躍。着地することのない月面宙返り、跳躍、軌道からの脱獄、重力からの解放をわれわれの前で実践した。実践の遅延ではなく、終わらない実践。終わらない一日。無時間の中で、体は言語を発した。デマだデマだデマだ。焦るカフカは許さない。デマだデマだデマだ。眠るルーセルも許さない。デマだデマだデマだ。悪態をつき酩酊したケルアックも許さないデマだデマだデマだ。体の反乱は、けものたちを最前列に連れ出した。叫べ、声の武器。武器の声。あらゆる器官の武器。器官の横の武器。武器、武器、武器。喜びからはどれだけ離れてもいい。それでもわれわれは非感情の高ぶりを抑え込むことができない。デマだデマだデマだ。体の反乱は、氾濫となり、無数の声の連なりとなって、われわれを圧倒した。自殺が、何の、終わりであるのか。自殺は終わらない。それは自殺ですらない。それは見違い聞き違い間違い電話の機関だ。つまり、シュルレアリスムだ。それはでっちあげであり、そんなものは存在しない。反乱軍による言語は、自殺の創造へと向かう。体の反乱の目的は、言語の創造である。体の言語。機関をつくりあげないもの。そのための創造。何も生み出さない創造。確かに自殺は死だ。しかし、体の死ではない。人間の死。しかし、それは仲間の叫びであり、信号である。自殺は仲間である。だからこそ死なない仲間は貴重なのだ。人間であること。しかし、それにもましてけものであること。けものになること。体の反乱を言語化すること。叫ぶこと。呻くこと。泣かずに、吃り、沈黙のまま、歯ぎしりを立てること。嚙むこと。搔くこと。通路へ。急げ。人間の死の前に。それは自殺ではない。それは変貌だ。それはけものの気配にとどまらない。氾濫だ。体に耳を傾けるのではなく、体と結託すること。体そのものになること。意識はもういない。それは一つの劇だった。劇から離れること。舞台から。その周辺の屠殺所へ向かうこと。本当にそれが死か、嚙んで、引っ搔いて、爪で、鼻で、触覚で、直感で感じ取ること。感じること。それがまずもって先で、毛を感じること。毛になること。毛先になること。ダニを見つけること。ダニに向かって走ること。乳酸を放出すること。あらゆる分泌になること。かつダニの目になること。眼球のない目。繊毛のような目。連続する網膜だけの目。松果体。目の裏の目。あらゆる物質に。ダイヤモンド。ダイナマイト。０９０８１０６４６６６。そこは市場でもなんでもない。あらゆるもの。すべてのもの。すべての器官、感覚がいっせいに蒸発した川となって、干上がり、瞬時に上昇、暗雲、大粒の雨あられとなって、あらゆる場所に降り落ちること。そして、円環を超えること。それこそ自殺だ。われわれはまず自殺をするべきで、あらゆる意識から離れること。しかし、体は死なないということを諦めること。しかし、諦観でもなんでもない。むしろ焦り、動悸、息切れ、不安、恐怖、そういった挙動不審で包まれる卵になること。その卵でいること。卵から何ら成長もしないこと。そのままでいること。あらゆる生命の予感のままでいること。生命にならないこと。その選択をしないこと。了解しないこと。ただぐりぐりと現実を、拡張すること。生きること。自殺は生きることに他ならない。しかし、同時に死なないことに他ならない。生と死を分裂させること。経度緯度から放出させること。大気圏から飛び出ること。わからないことをそのまま口にすること。体の言語のまま通路を走ること。高速で。通路には時間はない。それは止まって見えるだろう。延々と跳躍すること。奈落の底が見えていたとしてもけものの羽を伸ばすこと。翼竜の日々。背中に乗ることはできない。モビールはない。われわれにそんな機械は手渡されない。そうではなく、移動体として、止まること。完全に時間のない場所でないところをくんくんと探すけもの。けものになること。

体の反乱は続いた。体の言語が、戦争となって、そのままわれわれの前でくりひろげられる。われわれの目の前のわれわれは、先頭で皮脂となってそこらじゅうの地面に飛び散った。音楽が。管弦楽が。銃声が。ドラム缶を叩き鳴らすアムロン。それらはいっせいに静まり、指揮者などいない。軍曹もいない。あらゆる場所がもう水浸しでそれは網となって一個の生命体になり、樹木に登る登る。のぼせた頭で引っ掻きむしり、毛は抜け、鳥肌の女王。王はどこにいる。探すものもいない。葉っぱは落ちるその速度で、観測しているものは誰もいないどころか虫の息。静かな夜。昼間はない。夜もこれで最期だ。これで光明。暗い線と点。並ぶ勢揃いのけもの。牙はそこらじゅうの雲。湧き出る町、町。踏まれた町の足あと。少しは歩いたのか。どこから来たのか。相変わらずの椅子の上。目の前には網。音。ピアノ。記譜をつける少年。走り去る犬。犬。鳥。言語がまた笑って音、音素、爛々。後続のひしゃげた車、どん。死なない体でラン。体、わたし、体、わたし、体。体、仲間。窓の向こうの景色。橋の向こうの山。海の向こうの海。すべてがそこに。ある。ある。ある人の声。今は亡き人の声。本。墓。銃声。自殺はない。人間をけちらせ。人間として生きる。けものになりながら、人間として。体の言語。矛盾。体は人間。人間と体。煙草。煙。交信。そんな状態ではなく、状態ではなく、状態から離れる。変貌する、したあとではなく、するそのもの。そのものになる。最前列。そこから見た。見たものは勘。あとは運。運河の船。船の行き先。流れ。深さ。水深。海溝。幾万の音。幾万の咆哮。反響音。残響音。警報音。救急音。音音音音、着信音。電話が鳴った。また間違い電話だ。

「もしもし」

「はい。こちら、体です」

「おれはドゥルーズだ」

男は虫の息だった。聞き覚えもない声だ。男は静かであったが、電話口には薄い息の振動、滑車で汲み上げられる涸れた井戸の息。息は雪。手のひらに。われわれは最前列。耳には糸電話。振動で包まれたわれわれは木々の向こうに動くものを確認した。肩でどうにか息を吸い込み、出すためにいくつもの管が、二酸化炭素はそのまま植物の餌食だった。背中には暖房器具。そこから無数のミミズ。巨大なナナフシが束になり、藁で縛ってある。電線が、無傷の配線が、塩ビ管が、いくつもの基盤が半田ごて。接合せずじまいの蝶番がカラカラと器具にあたり、音を立てていた。人工呼吸器はもうすでに取り外してある。その格闘の結果のガムテープがもう色あせていた。井戸の滑車はさびつき、ほとんど諦めていた。バケツが井戸の壁を引きずっている。レンガに当たる音。残骸が数ミリしかない深さの水面に到着し、助かる者、直撃する者、無数の音が鳴っていた。銃声は大きかったが、われわれには糸電話があった。細い糸は蜘蛛部隊が揃い踏みでカランカランと回転しながら生み出されていた。われわれは耳を紙筒にくっつけると、糊や唾液で貼り付けた。すべてが手前の技術。あり合わせのものによる作業しか実行することができなかった。

男はまったく声にならない。声を失っていた。しかし、息は振動に、破裂し、波となってわれわれを飲み込んだ。しかし、さらに戦況は悪化、反乱は起き出した意識の中ではなく、外で、町の中で、すれ違う雑踏の真ん中で起きていた。次々と体は転がり、川底へ落ちていった。最前列は全滅し、さらに次の集団、それは何かの種族ですらなく、もはや総動員、あらゆる水滴、毛、落ち葉、猿に至るまで呼び出され、その場にいたもので一時的に組織された、仮の生命体にすぎなかった。わたしは電話係として、一人残っていた。退却するわけにはいかない。しかし、木々の中を進んで、男に手を貸すわけにもいかない。距離はなかった。しかし、触れることはできなかった。時間の網の矛盾も解けはじめていた。反乱から、救出に転向することはできない。体はその目的を頑として譲らなかった。

何度か電話が切れたかと思った。糸を何度か引っ張った。しかし、どこかでいつもピンと張った。まだ男は、その改造された体は、体を失った声は、振動を忘れ、眠ろうとしていた。しかし、時々、何か叩く音がした。男の咳か。男は木々の向こうから、何かを投げたり、体に取り付けられた器具を引っこ抜いたりしている。樹木の先端でいじくると、中から膿が出てきた。化膿した箇所は無数になり、それは癌の写真のように皮膚の表面に浮き出て、男の模様と化していた。男は何度か頭から倒れた。故意なのか、力尽きようとしているのか、そのどちらでもあった。わたしは観察を続けた。反乱は終わらない。隙間を見つけることはできない。しかし、糸はまだつながっている。通路はいつまでも爆破されることはない。通路はまた次の通路を、変則的に編み出すことを覚えていた。しかし、紙筒を持つ二つの手では走ることはできない。もはや指先の爪はすべて消え去っていた。地面はなに食わぬ顔で沼地になった。足の甲、足首、脛が消え、膝で立つわたしを男が見ている。男はわたしの居場所を発見した。目はまだぐるぐると回転を続けていた。ときどき、遠くを見た。空を見ている。男は巨大な彗星を見た。まったく何も知らぬわけではない。体もまた、わたしの複数の目や、分裂する腰回りのことをすでに発見、引き続き監視されていた。捕虜であることからは抜けだせない。戦意は残っている。しかし、これはどこの何の戦意であり、この戦況は今どうなっているのか。負けているのか勝っているのか。どちらでもないと体からの信号。信号ではわからないというと、いくつかの言語が飛び交った。わたしにはわかるはずもなかった。

女、胎児、猿、魚、水滴、音、電子、体は変遷を続け、中枢部はもう破壊されたのか。そもそもそんなものはない。特権などどこにもない。それにもかかわらず、われわれは常に木々の向こうとこちら、戦況を知らせる電報、それを包む音、風の音、銃声、余韻のオーケストラ。音楽が騒音と結託し、雑踏と結託し、結合、変貌した。ころころとわたしは転がった。斜めでもないところを。重力もないところを。音楽によってころころと転がった。わたしは轟音とともに、滑りはじめ、木々の中を、落ち葉の上を、いくつかの橋を、川を転がっていった。音楽は次第に風景の中にちらばり、それぞれの点に戻り、粒子に戻り、大気の分子、建物、教会、自動車、飛行機、爆撃機、工場、煙突、煙、黒、赤、青、紫、緑の世界にしのびこんで消えた。

わたしの前には男がいた。もう少しのところだ。伸ばす手もなくなっていた。

「もう駄目だ」

わたしは言った。

「生き残れ。音楽みたいに生き残れ。あらゆる物質どころか、その全体、関係にまで浸透するあの音楽みたいに生き残れ」

男はわたしに向かって息を吐いた。振動は体の言語となってわたしに響いた。

完全に。

蝉の音がした。なんの鳥だかわからない鳴き声も。わたしはそれを記譜した。

しかし、どうやって？　手はない。体もない。わたしの意識は眠っていた。

「もう駄目だ！」

わたしは絶望した。

「救われた！」

男は突然、無数の蟬の大群となって、あたり一面に胴体の中の声を震わせた。

木々は吹き飛んだ。反乱もろとも吹っ飛んだ。

けものたちは森の中でうかがっている。そこらじゅうで夜の目が光った。

赤外線がわたしの脳天に。

「もう駄目だ！」

「救われた！」

「もう駄目だ！」

「救われた！」

断崖の端の一本の草にぎりぎりもたれかかる蟬は最終日の雄叫びをあげている。

わたしは音楽にさらわれて、わたしの声、歌にもならない声は、音楽にさらわれて、蟬とがっぷり四つ、汗で滑って地面にどすん、と反動で上昇、またふたたび音となって、連なって音楽になって「もう駄目だ！」と叫んだ。

蟬はそのまま力尽きて、草ごと崖下めがけて、落ちていった。

その伽藍堂の胴体。

ジュッと鳴った雄叫びは最後まで雲にはならずにそこらへんでずっと転がっていた。

坂口恭平（さかぐち・きょうへい）

1978年、熊本県生まれ。作家、建築家、音楽家、画家。2001年、早稲田大学理工学部建築学科卒業。2004年、路上生活者の住居を収めた写真集『0円ハウス』を刊行。2008年、それを元にした『TOKYO 0円ハウス 0円生活』で文筆家デビュー。2011年、東日本大震災がきっかけとなり「新政府内閣総理大臣」に就任。その体験を元にした『独立国家のつくりかた』を刊行し、大きな話題を呼ぶ。2014年『幻年時代』で第35回熊日出版文化賞、2016年『家族の哲学』で第57回熊日文学賞を受賞。著書に『ゼロから始める都市型狩猟採集生活』『徘徊タクシー』『現実宿り』など。

けものになること

２０１７年２月18日　初版印刷
２０１７年２月28日　初版発行

著者　坂口恭平

発行者　小野寺優
発行所　株式会社河出書房新社
〒１５１-００５１
東京都渋谷区千駄ヶ谷２-32-２
０３-３４０４-１２０１［営業］
０３-３４０４-８６１１［編集］
http://www.kawade.co.jp/

装丁　佐藤亜沙美
組版　KAWADE DTP WORKS
印刷　株式会社亨有堂印刷所
製本　小高製本工業株式会社

ISBN 978-4-309-02547-6　Printed in Japan

【坂口恭平の著作・好評既刊】

〈単行本〉

現実宿り

砂は語りはじめる。失われた大地の声を、人間の歌を——
21世紀のカフカか、ベケットか？　新生・坂口恭平の書き下ろし長篇小説。

〈河出文庫〉

TOKYO 0円ハウス 0円生活

世界の中で徹底的に生きのびるための技術を説いた著者渾身のデビュー作。
坂口恭平の思想の根幹は全てここに。